あの夏を生きた君へ

水野ユーリ

STARTS
スターツ出版株式会社

〝死ね〟なんて簡単に言うな。
〝死にたい〟なんて簡単に言うなよ。

そう言って、彼は悔しそうに泣いた。
泣きながら、怒っていた。

あたしも、泣いていた。
生きていることを、初めて愛しいと思った。

〝命〟
〝生きること〟
〝明日があるという幸せ〟

時を超えた約束と絆。
初恋の彼と過ごした、かけがえのない夏。
過去・現在・未来を繋ぐ、命の物語――。

目次

あの夏を生きた君へ

第一章

最悪のファーストキス

死にたいと思っていた。死んでしまいたいと思っていた。

こんな世界なんか滅んでしまえばいい。この教室に、たとえば爆弾が仕掛けられていて、なにもかも木っ端微塵に吹っ飛ぶシーンを想像すると、笑いが込みあげてくる。

窓際の一番前の席で、そんなことを考えてるあたしは狂ってるのかな。いいや、違う。狂ってるのは、アイツらの方だ。

「うぉぉ！　美季《みき》見てたら、アソコが痛ぇ！」

「やぁだ！　サイテー！」

耳に届くその声に、あたしは眉を寄せる。

「俺のアソコがぁぁ〜！　シッコシコー！」

草野《くさの》は大声で言いながら、わざとらしく悶えている。

そして、

「もう〜やぁだぁ〜！」

と言いながらも、笑っている美季。

「草野サイアク！」

「キモい〜！」

女子たちは口々に非難の声を浴びせる。

でも、彼女たちも本気で軽蔑してる風ではなく、笑っていた。そして、それを草野もわかっている。わかっているから、さらに調子に乗る。

あたしは騒がしさに苛立ちを覚えながら、机に突っ伏した。そして誰にも気づかれないようにそっと横を向く。窓から見える空は、どんよりと重そうな曇り空。まるで、あたしの心みたいだ。

授業と授業の合間の休み時間、あたしにはいつも居場所がない。ひとりでポツンと席に座ったまま、時が過ぎるまで、じっと耐える。

ほんの数分のことが、永遠のように長く感じられる。耳を塞ぎ、目を塞ぐことができたら、どんなにいいだろう。そうすれば、アイツらの声にいちいち嫌悪感を抱かずにすむし、教室で孤立した自分の惨めさを痛感しないでいられるのに。

時間を潰すために、少しでもかわいそうには見えないように、あたしは用もないのにペンケースの中を漁ったり、興味のない数学の教科書をパラパラとめくった。そうしてまた、机に突っ伏す。

なんで、あたしはこんな所にいないといけないの？　なんで、あんなヤツらと一緒に、こんな所に……。

バカのひとつ覚えみたいに教室の中心で下ネタを叫びまくる男子と、文句を言いながらも楽しそうに盛り上がる女子。どいつもこいつも気持ち悪い。人前でするような話じゃねぇだろ。あたしには、頭がイカれた連中としか思えない。

六月の灰色の空を眺めていると、

「クソッ！　暑ぃ！」

という声が教室に飛び込んできた。

あたしは反射的に身を固くする。

声の主は高嶋《たかしま》、そしてそのうしろには、金魚のフンのような久保田《くぼた》も一緒だ。

「説教どうだった？」

と、草野がおもしろそうに問い掛ける。

「んぁ？　エロ本、没収されちった！」

そう答えたのは、久保田。高嶋はといえば、ムスッとしながら適当に近くにあった机に座っている。どうやら機嫌は最悪のようだ。

東中学校二年三組、独裁政権。それを牛耳るクラス一の問題児・高嶋。女子高生を妊娠させたとか、酔っ払い相手にケンカして半殺しにしたとか、不気味なウワサが付きまとうヤツ。

あたしは、ただ祈った。不機嫌なヤツの怒りが火の粉となって自分に降りそそがないことを。

けれど、その願いは届かなかったようだ。高嶋と目が合ってしまった。その瞬間、あたしの心臓は凍りついた。

すばやく目を逸らしたが、高嶋の突き刺すような視線を感じる。耐えられなくなって机に突っ伏すと、高嶋の大きな声が響いた。

「睨んでんじゃねぇよっ！　ブス!!」

シンと静まり返る教室。もう、顔を上げられない。状況を把握するには耳だけが頼りだった。けれど、聞こえてくるのはボソボソとした話し声。

絶対に、あたしのことを言ってるんだ。そう思うと、自分の呼吸が荒くなってくるのがわかる。ガタガタと震え出してしまいそうな体を押さえ込んで、あたしはがむしゃらに願った。

早く、チャイム鳴って！　先生、早く教室に来て！

やる気も熱意もないハゲ散らかした数学教師でも、いないよりはマシだ。

だが、しかし、あたしの席へと近づいてくる大げさなくらいうるさい足音は、確実に高嶋、久保田のもの。それは、まるで死刑宣告のようだった。

「キッモ！」

あたしの頭上から降ってきた声は、高嶋だ。静けさが包む教室に、数人の女子があたしを嘲笑う声が聞こえる。

「コイツ、終わってんじゃね？」

「つか、死んでんじゃね？」

背筋を冷たい汗が這う。生きた心地がしない。あたしは、ヘビに睨まれたカエルだ。身動きひとつせず、なんのリアクションもないあたしに苛立ったのか、久保田が怒鳴った。

「オイッ！　ブス！　聞いてんのかよっ!?」

同時に、あたしの机は勢いよく蹴り上げられ、どこからともなく「キャー！」という悲鳴が上がる。机は、あたしの額にぶつかって、派手な音を立てて倒れた。

でも、あたしを支配していたのは、痛みよりも純粋な恐怖。彼らとの間に、もうあたしを守るものはない。

顔を上げると、鋭い目つきの高嶋と、ニヤニヤと笑う久保田がいた。

目が合うと高嶋は、あたしに抵抗する隙も与えず、顔面に履いたままの上履きを押しつける。あたしの口から、呻き声が漏れた。

「ババァみてぇな名前の千鶴《ちづる》チャン。なに、睨んでんの？」

頬に押しあてられる上履きが、グイグイと顔を踏みにじる。鼻をかすめる、カビくさい臭い。同じ教室には、ひっそりと息を潜めている人もいれば、クスクスと笑ったり、おもしろそうに見ている人もいる。

グラグラと揺れる視界の片隅に、美季たちのグループが映った。美季はあたしを見て、手を叩いて笑っている。ナオミも楽しそう。彩織《さおり》はずっと、あたしに冷たい視線を向けている。

なにがそんなに嬉しいの？　楽しいの？

その派手な女子のグループの中で、愛美《まなみ》だけがあたしを見ないようにしていた。影のように存在を消していた。

愛美……。なんで、知らんぷりするの？

「お前、キモイんだよ！　その目つき！　マジ目障り」

「まっ、確かに目つき悪ぃよなっ、桐谷《きりたに》は！　あ？　ケンカ売ってる？　みたいな！」

おもしろがって入ってくる草野。それに気を取られたのか、高嶋の上履きがあたしの顔から離れた。左頬に鈍い痛みが残る。

「でもさ！　でもさ！　こういうキツい目の女をヒィヒィ言わしてぇ！」

「はぁー!?　桐谷じゃ、勃たねぇだろっ！」

久保田に言われて、草野はまじまじとあたしの顔を覗き込む。

「コイツ、よく見ると、くっきり二重！」

「だから、なんだよっ！」

不快感を覚える程の至近距離に顔を背けると、草野はあたしの髪を掴んで無理やりそっちを向かせた。眉を寄せると、高嶋や久保田まで一緒になって、あたしを押さえ込もうとする。

「なに？　なに？　イヤがってんの？」

「おもしれぇー！」

「放してっ！」

あたしが喋ると、三人はケラケラと笑い出す。

「『放してっ！』だってぇー！」

「なに？　桐谷って、喋れたの？」

「はっはっはっ！　口に上履きでも突っ込んどけよっ！」

再び顔を押さえつけられると、誰の物ともわからない上履きが迫ってきた。暴れようとしても、歯が立たない。

「ノーリアクションだった桐谷が、イヤがってるぜ！」

「ウケる！」

そのとき、どこからともなく、

「男子、ちょっとやりすぎ……」

という声が聞こえた。

そのとき、別のもっと大きな声が響き渡った。

「お前ら、なにしてんだよ！」

教室中の視線が注がれる。

そこに立っていたのは、幼なじみの成海悠《なるみはるか》だった。ほとんど兄妹のように育ってきたあたしも見たことがない怖い顔をしている。

「……学級委員が、なんか文句あんの？」

高嶋の低い声には、威圧感がある。声の威圧感は久保田もだけど、彼はさらにムダに背が高くて体格もいい。

対して、悠は背こそ伸びたけど、細身だ。ケンカをしたところで勝負は見えている。

あたしは心の中で、余計なことしないで、と叫ぶ。

でも、それは悠を心配してじゃない。自分の保身のためだ。頼むから、これ以上、面倒なことにならないでほしかった。あたしのことは放っといて、関わらないで。そう目で訴えても、悠は気づかない。怒りに震えて、高嶋を睨みつけている。

「いい加減にしろよ。これじゃイジメだ」

「成海は真面目だねぇ～。ボクら、千鶴チャンと仲よく遊んでただけでちゅよ」

草野が小バカにしたように言うと、久保田もヘラヘラしながら口を開く。

「だいたい、先にケンカ売ってきたのは、この女だっての。人のこと、睨んでさぁ、マジうぜぇ」

「ふざけんなよ。前から勝手にイチャもんつけてんの、お前らの方だろ！」

今にも掴みかかっていきそうな勢いで悠が怒鳴れば、余裕そうに笑みを浮かべる高嶋。でも、その瞳の奥は全然、笑っていなかった。

「そんな証拠がどこにあんの？　被害者はこっちだぜ」

「ちづは、そんなことしねぇよ！　キツそうとか、睨んでるとか誤解されて、ずっと気にしてきたんだよ！」

「……ちづ？」

ぼそりと高嶋が呟き、あたしはビクンと肩を揺らした。イヤな予感が渦を巻く。恐怖で汗をかいた手のひらを、握り締める。

悠は高嶋の言葉に気づかず、さらにまくし立てた。

「俺は知ってる。ちづは人にケンカ売るようなヤツじゃねぇ！　二度と、ちづに関わんな！」

悠の声を最後に、再び教室が静まり返る。すると、聞こえてきたのは彩織のすすり泣きだった。

美季とナオミは、彩織の背中に手を添えて、キッとあたしを睨んでいる。愛美は、ただうつむいていた。

「へぇ～そういうこと？」

新しいオモチャを見つけた子供のように、楽しそうに高嶋が言った。

「前から、なぁ～んか、かばったりしてっから変だとは思ってたけど！　そういうこと？」

「はっ？」

眉を寄せる悠に、高嶋は不敵な笑みを向ける。

「お前ら、デキてんだろ？」

それを聞いた久保田と草野が大袈裟に騒ぎ出し、つられるようにして、教室全体が異様な空気になった。一緒になって騒ぎ、冷やかす男子たち。その一方で、女子たちはナイフのように冷たい視線をあたしに向ける。

小さい頃は女顔とからかわれて、あたしの背中に隠れていた悠。だけど、中学に入って背が伸びてからは、女子に人気になっていた。この状況が最悪なことくらい、バカなあたしでもわかる。

「彩織！　成海と桐谷、デキてんだって！　お前、失恋じゃん!?」

デリカシーの欠片もない久保田のひと言で、彩織は両手で顔を覆って泣き出した。あちこちから、「サイテー」という女子の声が降ってくる。それはすべて、あたしに向けられたものだ。

彩織は悠のことが好き。だから、手を出すな。

それは公然のルールのようなものらしく、こういうときの女子の一体感はおそろしい。

あたしは、もう終わりだ……。

「ラブラブ~!」

と、草野が調子に乗って叫ぶ。

「ちげぇよ! コイツはただの幼なじみで!」

悠が必死になって否定すればするほど、みんなはおもしろがって、事態は収拾がつかなくなっていく。

その中で、高嶋が悪魔のように笑って言った。

「オイッ! せっかくだから、キスでもしろや!」

嬌声が沸き起こり、あたしは久保田に羽交い締めにされる。

「やめてっ! ヤダッ!」

あたしの声なんて、まるで無視。バカバカしいキスコールの中、あたしと同じように悠も男子たちに羽交い締めにされている。ジタバタと暴れるあたしを、抵抗する悠を、取り囲むヤツらはみんな悪魔だ。人間じゃない。

顔を固定され、頭を鷲づかみにされる。目を見開くと、もう悠の顔がすぐそこにあった。

「ちづっ!!」

悠が叫んだ瞬間、ぶちゅっとぶつかるように唇が触れた。その瞬間、あたしを押さえつけていた力がなくなり、あたしは崩れ落ちるように近くにあった椅子にすがりつく。

「マジでキスしたぁー！」

草野が甲高い声で叫ぶ。

「普通、マジでするか!?」

久保田が興奮気味に騒ぎ立てる。あたしは震える手で唇を拭う。死にたいと思った。本気で死にたいと思った。

嬌声と悲鳴の中で目が合った悠は、真っ赤な顔をしている。

どうしようもなく腹が立った。悠が、かばったりなんかしなければ。悠が、関わってこなければ！　こんなことにならなかった!!　もうイヤだ！　こんなとこにいるの！　あたしが、なにをしたっていうの!?　もうイヤだ!!

無我夢中で教室を飛び出す。頭は真っ白だった。

「桐谷が逃げたー！」という久保田の声と、「ちづ！」と、あたしを呼ぶ悠の声が背中から同時に聞こえた。

みんなイヤだ。みんなキライだ。みんな死んじゃえ。

「もうヤダッ……もうヤダ！」

うわごとのように叫び散らしながら階段を駆け下りる。頭がおかしくなりそうだ。いっそのこと、おかしくなってしまいたい。

「死にたい！　……っ死にたい……」

苦しい。つらい。恥ずかしい。もう、消えてなくなりたい。廊下を突っ走って、下駄箱を通りすぎて外へ飛び出す。そこで、うしろから腕を掴まれた。

「ちづ！」

追いかけてきたらしい悠は、また怖い顔をしている。

「放せよっ！　ヤダッ！」

「落ち着けって！　ちづ!!」

ボロボロと涙が零れ落ちる。自分がいつから泣いていたのかも、わからなかった。

「ちづ!!」

悠は、次第につらそうに表情を歪ませる。

「ゴメン!!　俺のせいだ！」

「うるさいっ！」

「あんなことになって！　俺のせいだ!!」

うるさい、うるさい、うるさい！

掴まれていた手を、あたしは無理やり振り払った。

「じゃあ、死ねよっ！　テメェなんか、今すぐ死ねっ!!」

言った瞬間、悠は悲しそうな目をした。それさえも腹が立った。

そんな目で、あたしを見るな。そんな顔してんじゃねぇよ。

走り出したあたしを、悠はもう追いかけてこない。

死んじゃえ。

死ね。

死にたい。

狂ったみたいに、心が叫んでいる。

すべてが窮屈だった。逃げ出したかった。こんな場所で生きていたくなんかなかった。苦しくて。苦しいことばっかりで。つらいことばっかり、イヤなことばっかり。

あたしは上履きのままであることにも気づかずに、今にも泣き出しそうな空の下を走った。


そして、翌日から、あたしは学校へ行かなくなった——。

夏休み

グワァン、グワァンと今にも壊れそうな音を立てて回る扇風機を、ぼんやりと見つめていた。

夏はキライだ。暑い、ただそれだけでイライラする。セミの大合唱もうるさい。畳の上にゴロゴロと転がっているだけで体にまとわりつく汗も、うざい。

「ちづ！　どいて！」

ただでさえ虫の居所が悪いのに、お母さんのかける掃除機があたしの背中に追突した。

「そのまま轢いていいよ」

「バカ言ってんじゃないの！　邪魔だから、ダラダラしてないで！」

「あーもう、うるさい！」

あたしはチッと舌打ちをして、重い体を起こした。

「アンタ、夏休みの宿題どうなってるの？」

「知らないし」

「知らないしって……」

お母さんは、呆れたとでも言いたげな顔。わざわざ掃除機のスイッチを切ってまで、強い口調で言った。

「学校は行かない、勉強はしない、そんなんでいいと思ってるの!?」

「うるさいなぁ」

「大木《おおき》先生だって、何度も電話してきてくださってるのに。なんかイヤなことがあるんだったら、学校に行きたくない理由をハッキリ言いなさい！　じゃなきゃ、こっちだって、なんにもできないでしょ!?」

学校へ行かなくなった日から、約一ヶ月。あたしは一日も学校へ行かず、そのまま夏休みを迎えていた。

心配性のお母さんはガミガミうるさいし、最近は頑固なお父さんも怒り出した。生徒から〝真理子《まりこ》ちゃん〟と呼ばれているオバさんの担任、大木先生からの電話も毎日のようにかかってきている。

「なにかしてくれなんて言ってないじゃん！　放っといてよ！」

最近じゃ、顔を合わせるたびに、お母さんはこんな調子だ。

「放っとけるわけないでしょ！　ひとり娘が不登校になってるのに！」

「黙れよ！　クソババァ！」

あーうるさい、うるさい。

「本当に、この子は口ばっかり達者になって！　外でもそうならいいのに、家の中でだけ威張りちらしてるんだから！」

終わらない言い合いにうんざりしてくる。本当ヤダ。

ガンッと壁を蹴ると、

「物に当たるんじゃないの！」

と、お母さんの怒鳴り声が飛んできた。

「壁薄いんだから、お隣に怒られるでしょ！」

と、ぶつぶつ言っている。

そんなこと、あたしには関係ない。あたしが怒られるわけじゃないし。知らねぇよ、クソババァ。

「アンタ、暇なら、ばあちゃんのとこ行ってきて」

「はっ？」

「ばあちゃんが好きな唐揚げ買ったのよ。届けてきて」

「はぁ!?　ヤダ！　外暑いじゃん！」

あたしがそう言うと、お母さんは掃除を再開しながら、溜め息を吐く。

「まったく、アンタは文句ばっかり！　今日は、ばあちゃんとこで、そのまま夕飯食べてきなって言ってるの！　お母さん、今日パートで遅くなるし、お父さんも仕事で遅くなるって言ってたから」

なにが仕事で遅くなる、だ。お父さんなんか、どうせベロベロに酔っ払って帰ってくるに決まってる。

「……それに、最近ばあちゃん、ボーッとしてることが多いのよ。歳だしねぇ……。

ちづが行けば喜ぶでしょ」

「ボーッとしてる？　夏バテじゃん？」

そういえば、最近ばあちゃんに会ってないなぁ。それにお母さんはうるさいし、家にいるのも嫌気がさしてきた。ばあちゃんちに行ってみようか。

「だといいんだけどねぇ」

お母さんは、そう呟いた。

あたしは自分の部屋で着替えると、言われたとおり、唐揚げを持ってサンダルを履く。外の暑さを想像すると気が滅入るから、もう考えないようにした。

「暑いから、かぶっていきな」

出かけようとしたあたしはお母さんに呼び止められ、そのまま水色の帽子をかぶせられる。

今、暑さを考えないようにしたところなのに〝暑いから〟とか、うざい。

「ダサッ！」

苛立ちがまた燃え上がって、あたしは吐き捨てるように言った。

頭に乗った帽子を床に叩きつけて、あたしはお母さんの顔も見ずに家を飛び出した。


外に出た途端、夏の蒸し暑い空気が肌に触れて、顔をしかめる。コンクリートの階段を降りていくと、踊り場で蛾が死んでいた。

この陰気で古くさい団地では、こんなのも見慣れた光景だ。夜になると、ぶらさがっている裸電球に虫が寄ってくる。そのうちの何匹かは、翌日になると、そのままここで死んでいるのだ。あたしは足を止めることなく、グロい亡骸の横を通りすぎた。

桐谷家のような貧乏一家にはお似合いのボロ団地は、五階建て。その四階から一階までの階段ときたら、降りるのも昇るのも面倒くさい。エレベーターなんて気の利いたものは、ここにはない。

昼間だというのに薄暗い階段から、やっとの思いで地上に降り立った。そうすると、強い日差しが頭上から降りそそぐ。空は青一色で、風はない。わずかばかりの気力と体力を一瞬のうちに奪っていった。

やっぱり帽子をかぶってくればよかった、と心のうちで後悔したけれど、もう遅い。

あたしはできるだけ木陰を探して歩いた。それでも、額や首に汗が浮かぶ。

団地の棟と棟の間をすり抜けて、ブランコ、すべり台、朽ちて頼りないベンチしかない小さな公園を横切っていく。

するとそこで、こちらに向かって歩いてくる悠とばったり会ってしまった。どうやら、悠は部活帰りらしい。サッカー部のユニホームを着たままだ。

あの日以来、会うことも話すこともなかった。同じ団地の、同じ棟の、あたしは四階、悠はすぐ下の三階に住んでいるというのに。気まずいから会いたくなかった。

でも、世話焼きな悠は、あたしが学校に行かなくなってからも、プリントや授業のノートを届けてくれた。悠の応対をするのはお母さんで、あたしはいつも部屋に閉じこもって聞き耳を立てていた。悠が、余計なことを言わないかどうか心配だったのだ。

でも……悠は言わなかった。学校でなにがあったのか、としつこく尋ねるお母さんに、本当のことを言わなかった。それどころか、悠は多分、あたしが盗み聞きをしているのを知っていて、言うのだ。

『俺、待ってます。ちづが、いつでも学校に来れるように、俺も頑張ります』と。

あんなことがあっても休むことなく学校へ行く悠は、あたしの代わりに、あの息苦しい教室で戦ってくれているのだろうか。昔、女顔とイジメられた悠の代わりに、あたしが男の子たちとケンカをしたように。

いつの間にか、あたしの身長を追い越して、いつの間にか、守っていたあたしが守られている？

立場逆転。冗談じゃない。昔とは、いろいろなことが違う。

悠が、あたしをかばえばかばうほど、きっと状況は悪くなるばかり。今まで、学校で必死に悠を避けてきたのに。美季たちのグループを怒らせないようにと、必死で。それが、それなのに……こんなはずじゃなかったのに。

「ちづ？」

ぼんやりとしていたあたしに向かって、不安そうに悠は言った。

あたしの努力なんか、これっぽっちもわからない悠。それがつい、憎らしくなってくる。暑さも手伝って最高潮にイライラしているあたしは、悠を無視して通りすぎた。

「ちづ！」

そう呼び止める悠に、本気でムカつく。振り返って睨みつけてやると、悠は困ったように頭を掻いている。

「……ゴメン」

「なにが？」

「いや……だからさ……」

なんなの？　コイツ。

「マジうざいし」

再び背を向けて歩き出そうとすると、悠はやっと口を開いた。

「二学期から学校来るよな!?」

「はぁ?」

「……あんなのさ、気にすんなよ。ただの、事故みたいなもんだし。……俺も気にしてねぇから」

「あんなのって?」

「いや……だから……キス」

歯切れの悪い言葉と一緒に頬を染める悠を見て、殴りとばしてやりたくなった。

ふつふつと込みあげる怒りを煽るように、ジリジリとセミが鳴いている。

「せっかく同じクラスなんだし、またいろいろ言われたら、俺がなんとかするから。だから、とにかく学校来いって」

「余計なお世話なんだけど」

ボソッと呟くと、悠は驚いたような顔であたしを見た。

「あたしがどうしようと、成海には関係ないじゃん。あと、〝ちづ〟って呼ぶの、やめてくれる? 超気持ち悪い」

「なんで、そんなこと言うんだよ?」

怒っているような口調で悠は言った。傷ついた、みたいな顔をするから、あたしは反吐が出るほど腹が立った。

「キモいからキモいって言って、なにが悪いの!?　なんとかしてとか頼んでねぇし、むしろ、あたしに関わんないでくれる?」

「俺ら、幼なじみだろ!?」

「だからなに!?　あーもー本当、死にたい!　いつまでもバカみたいに幼なじみ、幼なじみって、頭おかしいんじゃないの!?　アンタなんかと関わってると、こっちはロクなことねぇんだよ!」

あたしは、そのまま悠に背を向けて駆け出した。ムカついて、ムカついて、どうしようもない。道端に捨てられたジュースの空き缶を蹴り上げる。空き缶はバカみたいな音を立てて転がると、花壇の植え込みの中へ吸い込まれていった。

悠は、昔からそうだった。お節介で、口うるさくて、クソ真面目。まるで、親みたいに。あたしは、そんな悠がうざったくてしょうがない。ちょっと頭がいいからって学級委員をやってるとことか、周りが悠に抱いている〝しっかり者の優等生〟っていうイメージだとか、本当鼻につく。

昔は、「ハルカちゃん」とか、「女みたい!」ってからかわれてビービー泣いて、人のうしろに隠れてたクセに!　いい気になっちゃってさ。

気の遠くなるような暑さの中、ただただアスファルトの地面に目を向けて歩いた。けれど、太陽の熱を受けた地面からの照り返しやダラダラと流れる汗が、容赦なくあたしの心を折っていく。

「……マジ最悪」

親も、真理子ちゃんも、悠も、どうして放っておいてくれないんだろう。ありがた迷惑とは、まさにこのことだ。

「あー、死ね。つか、死にたい」

もう、最近じゃ口グセのようになってしまった言葉。人生に、夢も希望もない。生きてることは疲れるし、楽しくないし。死んだら、楽になれんのかな？　でも、きっと今よりはマシだろうなぁ。あぁ、楽になりたいなぁ。

いつからだったか、漠然とした死への憧れが芽生えはじめてから、あたしはそんなことばかり考えている。


ふつふつとした怒りが少し覚めてきた頃、目的の地に着いた。

ばあちゃんの家は、団地からそう遠くはない。家々が密集するように立ち並ぶ下町の、細い道が複雑に入り組んだ一角にある。年季が入った木造の平屋で、あたしのお母さんはそこで生まれ育った。

あたしが生まれてすぐにじいちゃんは死んだから、それ以来、ばあちゃんは、ずっとひとり暮らし。ひとりで住むには、デカすぎる家かもしれない。

昔は、親が共働きだから毎日のようにばあちゃんの所で夕飯を食べて、ばあちゃんと一緒に眠っていた。でも、中学生になると、あたしもいろいろ忙しくて毎日が大変で、ひとりでカップラーメンをすするような夕飯にも慣れてしまった。

外から眺めるばあちゃんの家は、なんだか、懐かしい気がした。

裏切り者

　玄関の引き戸を開けると、ばあちゃんの家の匂いがした。

「ばあちゃーん」

　サンダルを脱いで上がっていく。ボーン、ボーンと鳴る、壁に掛かった振り子時計が、ちょうど三時を知らせていた。

「ばあちゃん？」

　台所、居間と見ていくが、ばあちゃんの姿はない。

　そのとき、涼しげな風鈴の音が聞こえた。

　あたしは、その音に誘われるようにして、長く真っ直ぐな廊下を歩いた。半開きになっている襖を見つけて覗いてみると、チリンチリンという風鈴の音とともに、ふわりと心地よい風を感じた。

　その部屋は六畳の和室が三つ、横に繋がった広い部屋だ。それぞれの部屋を、襖で仕切れるようになっている。かつては、じいちゃんとばあちゃん、あたしのお母さんを含めた五人姉妹の七人家族が布団を敷いて寝ていたのだろう。

　そんなことを思いながら、家の中をうろうろしていると、縁側に、ばあちゃんが座っていた。

開け放った窓から風が吹きこみ、風鈴が鳴る。ばあちゃんは背すじをピンと伸ばして、タバコを吸っていた。座るとき、ばあちゃんは昔から姿勢がいい。

「ばあちゃん」

声を掛けると、ばあちゃんはゆっくりと振り返った。

「あら、ちづ」

真っ白な髪が風に揺れて、ばあちゃんは細い目をさらに細めて笑った。

「お母さんから、唐揚げだって」

「あらあら、恵《めぐみ》から？　悪いねぇ」

恵というのはお母さんの名前だ。

マイペースなばあちゃんは、独特のゆったりとした調子で言った。

あたしは、ばあちゃんの隣に腰を下ろす。

縁側から見えるのは、小さな庭。右側には、ばあちゃんが作っている家庭菜園があって、左側には赤やピンク、白い花が咲き誇っている。花のどれかは酔ってしまいそうになるほどの強い匂いを放っていて、二匹のハチが周囲をぐるぐると飛んでいた。

「また少し、背が伸びたかい？」

「うーん、わかんない」

そう答えると、

「ちづは健やかだねぇ」

と、言って笑うばあちゃん。ふふふっと、かわいらしく笑う。

「健やかだねぇ」というのは、ばあちゃんの口グセだ。

でも、あたしは「健やかだねぇ」の意味が、いまいちよくわからないのだった。

「今日、夕飯食べてくよ」

「はぁい」

ばあちゃんは間延びした声で返事をしながら、シワシワの手でタバコを吸った。

もう八十だというのにヘビースモーカーなばあちゃんを、あたしは気に入っている。

「そうだ、スイカでも切ってこようね」

そう言って、ばあちゃんは銀色の灰皿の中でタバコを消して、立ち上がった。腰が曲がっているせいか背が小さいばあちゃんだけど、歩くときはすいすいと歩く。ばあちゃんは、ゆったりおっとりしているのに、意外とすばしこいのだ。

お母さんが、最近ボーッとしてる、とか変なことを言っていたから、実は少し心配したけど、元気そうだったからホッとした。

切ってきてくれたスイカは、よく冷えていて甘かった。暑くて喉がカラカラだったから、あたしはスイカのおいしさに妙に感激してしまった。

ばあちゃんは、そんなあたしを見て、嬉しそうに笑う。あたしがよく食べて、よく眠って、よく遊ぶと、ばあちゃんは嬉しいらしい。

ふわっと、また風が吹いて、ばあちゃんの真っ白な髪が流される。量の少ない前髪が風で踊ると、ばあちゃんの広い額が露になった。すると、肌の色より薄くなって浮かびあがっている傷痕が丸見えになる。

もう、いつのことだかも覚えてないけれど、昔、なにげなく聞いたら、ばあちゃんはそっと傷痕に触れながら、『若いときの傷さ』と言って、遠い目をしていた。

〝若いとき〟とやらを思い出していたのかもしれない。

やがて日が暮れて、ばあちゃんは台所で夕飯の準備を始めた。包丁でなにかを切る音とか、コトコトとなにかを煮込んでいる音がする。そのうち、食欲を誘ういい匂いもしてきた。

あたしが思わず「お腹すいたぁ」と呟くと、ばあちゃんの「ふふふっ」という笑い声が返ってきた。ばあちゃんが作る料理は、決して手が込んでいるわけじゃないと思う。でも、シンプルなばあちゃんの料理が、あたしは大好きだ。

テーブル、というよりはちゃぶ台、を囲んで、ふたりで夕飯を食べる。近所の精肉店で売っている好物の唐揚げを、ばあちゃんはゆっくり、ゆっくりと口に運んでいた。

あたしは久しぶりに、ばあちゃんが作っただし巻き卵とポテトサラダを食べた。この二品はあたしにとって、ばあちゃんの料理の中でも一位と二位を争うエースなのだ。

「ふふふっ。ちづは、おいしそうに食べるね。たくさんあるから、たくさん食べなぁ」

パクパクと頬張るあたしを見つめるばあちゃんの眼差しがあまりにも優しくて、急に照れくさくなる。

そういえば、最近、ご飯をおいしいと思いながら食べてなかったかも……。

ばあちゃんの料理があたしに馴染むのは、あたしが、ばあちゃんの料理で育ってきたからだ。小さい頃から親が共働きで、あたしはばあちゃんに育てられたようなものだと思っている。親はうざくてうるさくて文句も言いたくなるけど、ばあちゃんに言われると、とたんに素直になってしまう、あたし。

あたしは昔から、ばあちゃんっ子だった。手を繋いで駄菓子屋に行ったり、怖い夢を見たら一緒に眠ってくれたり。

そうだ、あたしが十円玉を飲み込んじゃったときも、もう真冬の夜だったのに、背中におぶって病院まで走ってくれたっけ。

なぜだろう。ばあちゃんとの思い出が、いくつもいくつも脳裏に浮かんでは消えていった。久しぶりにばあちゃんの料理を食べているから、懐かしくなったのかな。

「……ばあちゃん、あたし、学校行ってないの。行きたくないの」

ポツリと呟く。

ばあちゃんに、聞いてほしいと思った。ばあちゃんになら、話せると思った。あたしは、これまでのことを話した。

愛美とは、小学校で出会った。もうずっと親友で、それは中学生になっても変わらないと信じていた。実際、一年のときは別のクラスだったけれど、あたしたちはいつも一緒だった。そして、美季、ナオミ、彩織も。

そもそもの始まりは、中学校に入学してまだ間もない、五月の宿泊学習の班決めだった。

まだクラスに馴染めず、愛美とはクラスが違うし、このままだと惨めな学校生活を送ることになってしまうかもしれない。あのときのあたしは焦っていた。徐々に完成しつつある女子のグループに、あたしは完全に入り損ねていたからだ。

そんなとき、声を掛けてくれたのが美季だった。

「桐谷さん、ウチらと同じ班にならない？」

下手をしたら〝余り者〟になっていたであろう、宿泊学習の班。あたしは、本気で美季に感謝した。同時に、失敗するわけにはいかないと思った。これを逃したら、あたしはクラスで浮きまくった〝余り者〟決定だ。

必死だった。

「千鶴って目力ハンパないよねー」

「確かに！　ってか、睫毛超長くない!?」

「うらやましいー」

似たような声のトーンで、似たような話し方をする美季たち。そのテンポに乗り遅れまいと、あたしは三人の顔色ばかりうかがっていた。

「そんなことないよー。昔っから目つき悪いとか言われるしー。あたし、美季がうらやましい！　だって、超スタイルいいし、かわいいし！」

「だよねー。美季は女から見ても、かわいいわっ！」

あたしの発言にナオミが同調して、美季は「そんなことないよー」と言いながらも、まんざらでもない顔をする。

少なくとも、あたしは、この派手な女子のグループでうまくやっていた。周りに合わせて、周りの目を気にして、顔に笑顔を貼りつけて。そうまでしてでも、あたしはあたしの居場所を守りたかったのだ。

「千鶴ってさぁ、成海くんと仲いいよね？」

「え……そんなことないよ、ただ幼なじみってだけで……」

「マジで!?　実はさぁ……」

たとえば、目立つ存在だった美季たちが地味なあたしに声を掛けてきた理由が……。

「彩織がねぇ、成海くんのこと気になってるの一」

「……へぇー、そうなんだ！」

「協力してくれるよね？」

そんなことだったとしても、あたしはすがりついていた。薄っぺらい、見せかけだけの友情に。

それからのあたしは、悠を避けた。妙な誤解をされないために、だ。

美季たちがいいと言うことはいいし、ダメだと言うことはダメ。キラわれたくなくて、愛想を尽かされたくなくて……。でも、自分の心がどんどんすり減っていくような気がしていた。

男子と一緒になって下ネタ話で笑うのは反吐が出るほどイヤだったし、なにをするにも美季たちの顔色をうかがっているあたし自身にも、うんざりした。もう、人間関係に疲れ果てていた。

だけど、二年生でも美季たちは同じクラスだったし、悠まで同じクラスになってしまった。唯一の救いといえば、愛美が同じクラスになったことだ。

あたしたちの中に愛美も加わって、五人でいることが当たり前になった。うまくやっていかなければならない。きっと、大丈夫。だって、今度は愛美も一緒だ。そう信じていた。

　でも、同じクラスになったことで、悠を避けていられなくなった。自然と会話をするし、昔からお互いに知っているから、つい親しく話してしまう。それでも気をつけていたつもりだったけど、美季の怒りを買ってしまうのは簡単だった。

「仲いいよねぇー」

「……え？」

　女子トイレの鏡で校則違反の化粧を念入りに直す美季の横で、あたしは緊張した。あたしたちはふたりきりで、天井には白々しい蛍光灯がついていた。

「幼なじみって、いいよねぇー」

「……そう？　うざいだけだよー」

　美季の話し方は普段の甘えたような感じとは違っていた。棒読みで、あたしは素直に怖いと思った。怖かった。

「でもさぁ、彩織の気持ちとか考えてほしいんだよねー。不安になったりすんじゃん？」

「……そ、だよね。ごめん……」

「千鶴ってさぁ、ちょっと鈍感だよねー」

　美季は笑っていた。その笑顔も怖くてたまらなかった。

——その日の放課後。

「サイテーじゃね？」

「うん、彩織の気持ち、考えろっつーの！」

あたしは偶然、教室にいた美季たちの会話を聞いた。そこには、愛美もいた。

教室に入ろうとしていた足が止まる。

「幼なじみとか言いながら自分も好きなんじゃやねぇ？」

「鏡見ろよって言いたくなるわ。あんな目つき悪くて、図々しいよねぇ？　彩織に勝てるわけねぇじゃん！」

ゾッとした。足がすくんで、動けない。あたしの悪口を言う美季たちの声は楽しそうだった。

心臓をぎゅうっと握られているような息苦しさと圧迫感に襲われる。彼女たちに見捨てられたら世界が終わってしまう、それくらいの感覚だった。

「ねぇ、愛美もそう思わない？　千鶴ってさぁ、裏切り者じゃない？」

美季が問い掛ける。

あたしは祈るような気持ちで、愛美の答えを待った。穏やかで、どちらかというと内気で、争いごとが苦手な愛美のことだ。きっとフォローしてくれる、と信じていた。

しかし、あたしの期待はいとも簡単に打ち砕かれたんだ。

「……そうだね」

それは、紛れもなく愛美の声で、期待はあたしの心ごと粉々になった。

「うざいよねぇ～？」

「うん、うざい」

……死にたい。すぅっと脳裏に浮かんだ言葉が、それだった。

美季たちは、高嶋たちと仲がよかった。翌日から、あたしへのイヤがらせは高嶋たちによって始まった。美季は自分の手を汚さない。

「睨んでる」、「目つき悪ぃ」、「ケンカ売ってる」。

お母さん似の切れ長の目は生まれつきだから、どうしようもない。小さい頃から気にしていたコンプレックスを、高嶋たちはおもしろおかしく笑った。そのうち、「名前がダサい」とか、「ババァ」とか。

クラスの女子からも無視されて、あたしはひとりぼっちになっていた。必死で作り上げたつもりでいた人間関係なんか、もうどこにもない。悠ひとりだけが、あたしをかばい続けた。

でも、美季たちはそれが気に入らないんだ。どう考えたって、悪循環。

イヤがらせは、日に日にエスカレートしていった。物を隠される、壊される。机の落書き。給食には虫やゴミ。イジメ……というべきかもしれない。

でも、あたしは〝イジメ〟なんだと認めたくなかった。認めたら、もう戻れない気がした。

「千鶴ばあさんの汚ねぇ目を洗ってやってんだぜ！　お礼は？」

「ウッ……ゴホ……ッ……」

「なんとか言えよ!?　あぁ？」

そうやって、モップで顔面を掃除されたり、トイレの便器の中に顔を突っ込まれたりするのが日常になった。

〝ふたりひと組になってやってください〟がお決まりの体育の授業では、あたしが恐れていた〝余り者〟になった。

そんなあたしを見て、美季たちは笑った。愛美は、黙ってうつむいていた。

悔しかった。心の中で美季たちを呪って、高嶋たちを殺した。

ときには、刀。ときには、マシンガンで。何度も何度も殺した。

そうしながら、「死にたい」と何度も何度も思った。

死にたい。

アイツらがあたしを指差して笑う、その顔も、声も、目の裏に焼きついて離れない。

思い出すたびに涙が零れた。

あたしは、自分の顔も、名前も、大キライになった。こんな顔に生んで、こんな名前をつけた親を恨んだ。

そして……一番許せなかったのが愛美だ。

あたしを視界に入れないようにして、すまなそうな顔をしている愛美が、憎くて憎くてたまらない。

あたしは親友だと思ってたのに。裏切り者は、愛美の方だ。

昔の話

あたしが話している間中、ばあちゃんは淡々と食事をしていた。

いろいろなことが積み重なって、もうずっとあたしは限界だったのかもしれない。それが、あの日の無理やりさせられたキスで爆発した。

今は、不登校になってよかったと思っている。アイツらの顔を見なくてすむし、もうこれ以上、傷つかなくていい。つらい思いをしなくていい。

二学期からをどうするか、それを思うと憂鬱だけど、あたしはまだなにも考えたくない。学校のことも、美季たちのことも、愛美のことも、考えたくない。ただ、逃げていたかった。

ばあちゃんには、起こったことだけを話した。あたしが抱く漠然とした死への憧れは話さなかった。ばあちゃんが悲しい顔をすると思ったから。

「学校なんか行きたくない」

あたしは呟いた。途中から、話すことに集中しすぎたせいで、まだ食べかけのご飯が残っている。

コトッと、ばあちゃんが箸を置いた。黙って聞いていたばあちゃんは、もう食べ終わってしまったようだ。

「ちづの好きにしたらいいよ。やりたいように、やったらいい」

顔を上げると、ばあちゃんは微笑んでいた。

「ばあちゃんは、いつだってちづの味方だよぉ？」

「ばあちゃん……」

「ばあちゃんが、ちづくらいの歳の頃は、自由に物も言えない時代だったんだよ。だからね、ちづは自分の気持ちには、いつも正直でいるんだよ？　人はね、生きてるだけでいいの。ちづはばあちゃんみたいに長く生きたら、学校に行かないことなんか、取るに足らないもんさ」

そう言いながら、ばあちゃんは慣れた手つきでタバコに火をつける。ゆらり、と白い煙が舞い上がって、開け放たれた窓に向かって消えていった。

草木が風に揺れる音、セミの鳴き声、虫たちの囁きが部屋の中まで届いていた。

鼻の奥がツンとする。ばあちゃんの言葉はストレートすぎて、泣いてしまいそうになる。学校に行かなくてもいい、と認めてもらえただけで、あたしは心底ホッとした。

「ばあちゃん……ありがとう」

ばあちゃんは、目を細めて笑った。その笑顔は陽だまりみたいだった。

「……今日、ここに泊まっていってもいい？」

「もちろん。恵に電話しなきゃねぇ」

その夜は、ばあちゃんの隣に布団を敷いて、たくさん話をした。

「最近、悠くんはどうしてるの？」

「悠？」

「昔は、うちの庭で、よく水遊びしてたでしょう？　ちづが水鉄砲で追いかけて、悠くんはよく泣いてたね」

ばあちゃんの方に顔を向けると、ばあちゃんは仰向けで目を閉じたまま話していた。

懐かしそうに微笑んでいる。

「最近は……あんまり」

「ケンカかい？」

「……まぁね」

ばあちゃんは諭すように、「あらあら、仲よくね」と言う。

それから、

「ばあちゃんにも昔、幼なじみがいたんだよ」

と、ゆっくりと呟いた。

「……男の子？」

「そう。今でも、ときどき、ふっと思い出すねぇ」

ばあちゃんは優しそうに微笑む。

「どんな子だったの？」

「んー……そうだねぇ。名前はね、ユキオくん。いつも目がキラキラと、きれいな瞳をしていたよ」

それが特別なことのように、ばあちゃんは大切そうに言った。

「へぇ～」

「いがぐり頭だったけどねぇ」

「えぇ～!?」

あたしがマヌケな声を上げると、ばあちゃんは「ふふふっ」と笑った。

「あの頃は自由なんてどこにもなかったけど、いつも笑ってたねぇ。笑うときも、怒るときも、素直で一生懸命だった」

「もしかして……ばあちゃんは、その人のことが好きだった？」

あたしが尋ねると、ばあちゃんは少しだけ照れくさそうにしていた。まるで、少女のように。

「そうだねぇ、初恋だったんだろうねぇ」

「やっぱり！」

あたしは楽しくなってきて、わくわくした。ばあちゃんの初恋なんて、あたしには想像もつかない。

「それで！　その人とは、どうなったの？」

ばあちゃんの方に身を乗り出して聞いた。

「仲のいい幼なじみだったよ」

「ずっと？」

「そう、ずっと。もう会えない所へ行ってしまったからねぇ」

ばあちゃんは、寂しそうに笑った。

あたしも悲しくなってしまう。心にずしりと重い物が落ちた。

「運命だったんだねぇ。でも、会いたいなぁなんて、ときどき思うんだよ。せめて私が向こうへ行くときくらい、迎えにきてくれないかなぁ」

「……ばあちゃん」

なんて言ったらいいか、言葉が見つからなかった。ただ、あたしにわかるのは、その人は今でもばあちゃんにとって大切な人なのかもしれない、ということ。

「ちづ」

「……ん？」

「ばあちゃんの青春は時代に奪われてしまったけど、ちづは大丈夫。自由に青春を謳歌するんだよ？」

「……うん」

　そのとき、不意にばあちゃんが、

「あ！」

　と、驚いたような声を出した。

　心配になって見つめると、ばあちゃんは目を閉じたまま、口を「あ！」の形にして固まっていた。不安に思っていると、今度はひとりで納得したみたいに笑い出す。

「そういえば、ふたりで埋めたんだよねぇ、宝物を」

「え？」

「もう、どこに埋めたかも覚えてないけど、それぞれ自分の宝物を、ふたりで埋めたのさ」

　それは、つまりタイムカプセルってことなのかな。

「ばあちゃんは、なにを埋めたの？」

「んー……覚えてないんだよねぇ。あの頃は生きることに必死で忘れちゃったんだねぇ」

　ばあちゃんが初恋の人と埋めたタイムカプセル……。恋もしたことがないあたしにはピンとこないけれど、なんだかスゴいことだなぁ、なんて思った。

「あの宝物は、どこへ行ってしまったんだろうねぇ……」

ばあちゃんが、まるでひとり言みたいに呟く。

あたしは、見たこともないタイムカプセルを想像してみた。ばあちゃんは、なにを埋めたんだろう。ユキオくんは……？

「……ねぇ、ユキオくんの写真とかないの？」

「一枚だけね」

ばあちゃんの初恋の人……どんな顔をしてるんだろう。

今度、写真見せて、と言おうとしたら、もうばあちゃんは静かな寝息を立てて眠っていた。ばあちゃんの横顔を見つめて微笑んでから、あたしも瞳を閉じた。

今度、ばあちゃんと、また昔の話をしよう。ばあちゃんが若かった頃の話、あたしが小さかった頃の話も。いつでも会えるし、また泊まりにくればいい。

あたしは、そう思っていた。


それから、数日が経った。

日が暮れても気温が下がらない、うだるような暑さの夜。突然、電話が鳴り響いた。

「はい、もしもし。桐谷でございます」

お母さんが受話器を取ったとき、あたしはリビングでテレビを見ていた。

「はい……えっ!?」

妙なお母さんの声を不思議に思い、振り返る。お母さんはさっきまでとは違う、焦っている様子で「はい」、「はい」と繰り返していた。

なんだろう……？

やがて、お母さんは受話器を置いた。けれど、あたしに背を向けたまま、動こうとはしなかった。

「お母さん？」

あたしの呼びかけに、お母さんはゆっくりと口を開いた。

「……ばあちゃんが……倒れたって……」

「……え？　……嘘……」

ばあちゃんが倒れた――？

雷鳴の夜

窓の外は、真っ暗だった。病院の中も薄暗かった。天井が高くて人気がなくて、静かだった。消毒薬の臭いがする。

廊下に置かれたツヤツヤの黒い長椅子に座って、あたしは足をぶらぶらとさせていた。同じように向かいの長椅子に座っていたお父さんに「ちづ」と注意されて、仕方なく止める。お父さんは腕を組んで、足を大きく開いて座っていた。

仏頂面。お父さんは、いつも仏頂面だ。

ガラガラと病室の扉が開いて、中から伯母さんが出てきた。お母さんのお姉さん、つまり、ばあちゃんの娘だ。

伯母さんは目の下を赤くしながら、涙を拭っていた。それを支えるようにして、旦那さんも一緒だ。

「あら、千鶴ちゃん?」

あたしは、ぺこりと小さく頭を下げる。

「しばらく見ない間に大きくなって……。ばあちゃんには会った?」

首を横に振る。

そのとき、病室の中からお母さんが顔を出した。

「ちづ」

あたしを呼んで手招きする。

でも、あたしはなかなか立ち上がれなかった。怖気づいていた。怖かった。ばあちゃんに会うのが、なぜだかとても怖かった。

もたもたしているうちに、お父さんはすっくと立ち上がって、さっさと病室へ入っていってしまった。あたしは慌てて追いかける。

病室の中は、廊下よりも、よそよそしい感じがした。ベッドの周りに親戚たちと、お母さん、お父さんが囲むようにして立っていた。窓には、クリーム色のカーテンが掛かっている。

あたしは恐る恐る、お母さんの隣まで歩いていった。

ベッドには、ばあちゃんが横たわっていた。でも、数日前に見た、ばあちゃんの寝顔ではなかった。顔は黄色っぽくなって、点滴につながれて眠っている。水分が枯れはてたようなシワシワの手、細い腕。痛々しかった。ばあちゃんが、急に小さくなったような気がした。

あたしは見てはいけないものを見てしまったような気持ちになって、急いで目を逸らす。

ここにいるのは確かにばあちゃんなのに、ばあちゃんじゃないような。少なくとも、あたしが知っているばあちゃんじゃなかった。

病室に漏れるすすり泣き、重苦しい空気と釣り合わない、明るすぎる蛍光灯。

あたしは、ここにいたくなかった。泣き出してしまいそうな、おかしな気持ちになっていた。

ふふっとかわいく笑うばあちゃん、愛煙家のばあちゃん、少女のように照れながら恋バナを聞かせてくれたばあちゃんは、どこに行ってしまったんだろう。

ばあちゃんとの思い出が溢れて、それは止めようにも止められなくて、気を緩めたら本当に泣いてしまう。

泣く必要なんかないじゃない。ばあちゃんはここにいるんだから、悲しいことなんて、なにもない。

あたしはすがるように、自分に言い聞かせた。

「長生きしてくれたものね」

親戚の誰かが呟いた。

「あぁ、向こうで、じいちゃんが待ってるさ」

向こう？　じいちゃんは、もうずいぶん前に死んでしまった。向こうって……？

「お母さん」

あたしは呆然としながら、隣のお母さんに尋ねた。

「ばあちゃんって……どうなるの？」

お母さんは目に涙を浮かべながら、小さな声で言った。

「意識がね、戻らないのよ。もう、長くは……」

そこで、お母さんは言葉に詰まって涙を零した。

……ばあちゃんは、死ぬの？　嘘だ。そんなの嘘だ。ばあちゃんは、死んだりなんかしない。

あたしは強く思った。ばあちゃんは、死んだりなんかしない。

人の死を目の当たりにしたことがないあたしは本気だった。

きっと、もっとずっと長生きする。だって、この間まで、あんなに元気だったじゃん。軽く百歳は生きるって思ってた。

あたしは、唇を噛んだ。泣く必要なんかない。悲しいことなんて、なにもないんだから。


数日経っても、ばあちゃんが目覚めることはなかった。お母さんと一緒に何度か病院へ行ったけど、ばあちゃんは日に日に衰えていくようだった。

生きているのに、死んでいるみたい。あたしは、そんなばあちゃんを見たくなかった。病室のベッドで眠っているのは体だけで、ばあちゃんは、ばあちゃんの家にいるような気がした。

だから、お母さんからカギをもらって、ばあちゃんの家に行ってみることにした。

カギを開けて玄関に入ると、ムッとした空気が押し寄せて、あたしはイヤでも認めるしかない。ここに、もうばあちゃんはいないのだ、と。

主を失った家の中は蒸した空気が立ち込めていて、あたしは真っ直ぐ縁側に向かって、すべての窓を開け放つ。

縁側には、ブタの形をした蚊取り線香があった。中の蚊取り線香は少し小さくなっていて、それを見ていると、ふと縁側に姿勢よく座るばあちゃんが脳裏に浮かんだ。

この家は、ばあちゃんが倒れた日から、時が止まっているのだ。風に揺れる風鈴の音色が、今日はなんだか切なかった。

あたしは縁側に横になり、目を閉じてみる。

聞こえるのは風鈴と風の音、セミの鳴き声、さわさわという、葉っぱが揺れる音。

床は、香ばしいような木の匂いがした。ひんやりと冷たくて気持ちがいい。

小さい頃から、あたしはここで眠るのが好きだった。とくに遊び疲れた夕方なんかは決まって縁側で寝ちゃって、そのたびに、ばあちゃんは必ずタオルケットを掛けてくれた。夏は、あのブタの蚊取り線香を置いて、団扇で仰いでいてくれたりもした。

あたしは目覚めが悪くて毎回ぐずったけど、ばあちゃんはいつもイヤな顔ひとつしないでギュッと抱き締めてくれた。

『たぁくさん寝たねぇ。よかった、よかった』

癇癪を起こすあたしをなだめるように、一定のリズムで優しく背中を叩いてくれる。

そのうち、いつの間にか泣きやんで、照れくさくなって笑い出してしまう。

そんなあたしを見て、ばあちゃんは得意げに笑うんだ。

『ほぉら、泣いたカラスがもう笑った』

ばあちゃんはそう言って、またギュッとしてくれる。

あたしは、昔から、ばあちゃんが大好きだった——。


雨が降っている。縁側でつい眠ってしまったせいで、遅くなってしまった。急に降り出した雨は雷まで連れていて、あたしは慌てて帰宅した。

家に帰ると、玄関には見慣れないハイヒール。

「ちづ、帰ったの？」

「誰か来てるの？」

お母さんはあたしの質問には答えないで、

「さっさと来なさい」

と、言った。

なんだよ、その言い方。

カチンときながらリビングへ行くと、そこには会いたくない人がいた。

真理子ちゃんだ。あたしの担任の、生徒にナメられてる中年の教師。

リビングにはお父さんまでいる。

「そんな所に立ってないで、座りなさい」

お母さんに急かされて、でも、あたしは動かなかった。小さな抵抗のつもりだった。

そんなあたしに、お母さんは溜め息を吐いてみせる。

「ちづ！　大木先生、心配して来てくださってるのよ！」

……心配？　ふざけんな、こっちは迷惑なんだっつーの！　あたしが教室でひとりぼっちだったこと、知ってたじゃん！　知ってて、見て見ぬフリしてたくせに！

キッと睨みつけると、真理子ちゃんは困ったように苦笑して目を逸らした。

あたしの態度を見逃さなかったお母さんは、さっきより感情的な声を上げる。

「ちづ！　アンタ、いい加減にしなさいよっ！」

「まぁまぁ、お母さん。今日はもう失礼しますから」

立ち上がる真理子ちゃんに、お母さんは「すみません」と何度も頭を下げながら言った。

なに頭なんか下げてんだよ、クソババァ。

あたしの横を通りすぎるとき、真理子ちゃんが口を開いた。

「桐谷さん、先生待ってるからね」

……なにが？　いい歳して、生徒の下ネタで顔真っ赤にしたり、クラスで揉め事があっても、なにもできないままオロオロしてるだけのテメェがよく言うよ。

「クラスのみんなも待ってるからね」

その言葉を聞いた瞬間、急激に気持ちが悪くなった。

みんなも待ってる？　よく平然と、そんな嘘をつける。仲間ハズレで、余り者で、裏切り者のレッテルを貼られてるあたしを、いったい誰が待ってるって？

テメェだって、本当はわかってんじゃん。なによりも、あたしが一番よくわかってる。平気な顔して、そんなことが言えるって……逆にスゴいわ。

真理子ちゃんが帰ってからも、その場に立ち尽くしたままのあたしに、それまで黙っていたお父さんが言った。

「二学期からは学校行くよな？」

ついこの間、悠も同じようなことを言っていたのを思い出す。

「……行かねぇよ」

「じゃあ、お前受験どうすんだ？」

お父さんは無愛想に言った。

なにも言わないでいると、さらにぶっきらぼうな声が返ってくる。

「欠席ばっかになって、受験どうすんだ?」

「……どうでもいい」

そう答えると、今度はお母さんが口を挟む。

「どうでもいいじゃないでしょ! アンタ、本当考えなさいよ! なにがイヤなの!? 学校に行きたくないならないで、理由があるでしょ!?」

「うるさい!」

あたしは仲間ハズレです。余り者です。ひとりぼっちです。裏切り者って言われてます。毎日毎日、息を殺すようにして学校で生活してました。

そんなこと、言えるわけないじゃん……。

「じゃあ、お前、高校行かねぇんだな!? 中卒で働くのか!? 休みグセがついてる人間雇うほど、世の中甘くねぇぞっ!」

お父さんの怒鳴り声が飛んだ。

「うるさいっ!」

「学校も行かねぇ、働きもしねぇ! そんな人間、家には置いとかねぇかんなっ!」

「うるせぇって言ってんだろ! クソジジィッ!!」

あたしの気持ちなんか、わかんないクセに!!　テメェなんか、くさくって、うざくって、汚くって!!　黙れよ！　クソジジィ!!

「好きでこんな家に生まれたんじゃねぇよっ!!　生んでくれなんて、誰も頼んでねぇんだよっ!!　こっちだって！　もっとマシな親んとこに生まれたかったよっ!!　貧乏じゃなくって、酒飲みでうぜぇ父親と、ガミガミうるせぇ母親なんかいねぇ家に生まれたかったよっ!!　勝手に生んだクセに！　生まれてこなければよかった!!」

「ちづ！」

お母さんがあたしの名前を叫ぶ。

あたしは無視して、そのまま家を飛び出した。

ぶらさがった裸電球に群がる蛾を視界の片隅に入れながら、サンダルで階段を駆け下りる。

外は真っ暗で、容赦ない雨が降っていた。ときどき、空が光って雷が鳴る。

あたしは夢中だった。立ち止まったら、なにか得体の知れないものに足をすくわれてしまう気がした。見たくない、聞きたくない現実が追いかけてくる。抑えきれない感情に身を任せたまま、傘も差さずに走った。

真上から降る雨と、ぬかるんだ道を踏み締めるサンダル、素足に跳ねる泥水。

もう、いいよ。どうでもいいよ。グチャグチャになればいい。

走りながら、あたしは狂ったみたいに声を上げて泣いた。

「うわぁぁぁ――……」

叫び散らす絶叫を、雨音と雷鳴が掻き消してくれればいい。

また、雷が鳴った。

誰にもわかってもらえない。あたしの悲しみを。つらさを。教室でだけじゃない、世界中で、ひとりぼっちになってしまった気がした。

雨と涙で見えなくなった世界は、残酷すぎる。体中の血が煮えたぎってるみたいだった。

このまま狂ってしまえたらいいのに。死んじゃえたらいいのに。

ばあちゃん……ばあちゃん……。ばあちゃんなら、きっとわかってくれる。

ばあちゃんに会いたかった。ばあちゃんに会いたい……！

あたしの足は、自然と病院に向かっていた。


一度も立ち止まることなく、走り続けた。そのせいで、脇腹が痛い。

走り疲れて、やっと辿りついた病院は、この間よりもさらに暗かった。人気がなくて、やっぱり静かだ。ずぶ濡れの髪や服からポタポタと雨水が落ちて、廊下を点々と濡らしていく。

病院に着いてから、もっとひとりぼっちになった気がした。暗がりにぼうっと浮かぶ自動販売機の明るさや、閉め忘れた窓から流れ込む雨の匂い。

あたしは心細かった。涙はもう引っ込んでいたけど、ほとんど泣き出してしまいそうだった。空が光る度に派手に鳴る雷も、外から聞こえてくる激しい雨音にも、不安を掻き立てられる。自然と足早になって、最終的には走っていた。

ばあちゃんの病室の前まで来ると、あたしは荒い呼吸のまま、扉に手をかける。ガラッと開けた瞬間、目の前に広がった窓の向こうで、空がカメラのフラッシュのように強く光った。あたしは反射的に、きつく目をつぶる。

——ドドドドド——ンッ！

その直後、まるで爆発音のような雷鳴が響き渡った。目を閉じたまま、耳を塞ぐ。近くに雷が落ちたのかもしれない、と思った。

目を開けて、あたしはばあちゃんが眠っているベッドに視線をやった。けど、それよりも先に瞳に飛び込んできたのは、見知らぬ背中だった。

ハッとした。驚きで、声も出せない。まさか、人がいたなんて……。

その背中は大人のものではない。多分、あたしと歳が変わらないくらいの、男の子の背中だった。

男の子は坊主頭だ。汚れていて地味な服を着ている。ワイシャツみたいな服だ。それから、焦げ臭いにおい。まるで、なにかが燃えたあとのような。

……変な人。

それが、あたしが持った印象だ。

男の子を観察しながら、疑問が湧いてきた。彼はいったい、何者なのか。ばあちゃんの知り合い？　……まさか。中学生くらいの男の子の知り合いなんて、いるわけないじゃん。

彼は、あたしの気配と不躾な視線に気づいたのか、ゆっくりと振り返った。

目が合った瞬間、心臓がギュッと小さくなった気がした。だって、あまりにも、きれいな目をしてたから。キラキラしたガラス玉みたいだった。

坊主頭に似合わない繊細そうな顔をしているけど、こうして顔を見てみると、歳下のようにも見えた。身長は悠と同じくらいだろうけど、なんていうか、幼い感じだった。

数秒間、あたしたちは無言で見つめ合った。そんな異常な状況に気づいて、先に目を逸らしたのはあたしの方だった。

すると、彼は初めて声を発した。

「ちづ」

と。

なんで……名前、知ってるの？

驚いて、再び彼の目を見た。

「……なに……？　誰？」

彼は、そのキラキラとした瞳をばあちゃんに向けると、小さな笑みを落とした。

「明子《あきこ》とした約束を、果たしに来た」

言ってることの意味がわからない。全然わからない。でも、彼の視線の先にいるあたしのばあちゃんの名前は、〝手嶋《てしま》明子〟だ。

彼はいったい――？

不思議な少年

あたしは病室を飛び出した。廊下にある黒い長椅子に腰を下ろして考える。でも、いくら頭をフル回転させても彼が誰かわからない。

するとまたさっきの焦げ臭いにおいがする。横を見ると、いつの間にか彼がいた。

全然、気づかぬうちに。

雷は遠ざかっている気がしたが、豪雨なのはいつまで経っても変わらなかった。雨音に耳を傾けながら、あたしはずっと彼の靴を見ていた。ボロボロの靴は、もとの色が何色だったのかもわからないほど変色して、赤茶けていた。

なんなの、本当おかしなヤツ。

彼は、行儀よく足をそろえて座っている。

あたしはふっと、気が抜けたような溜め息を吐いた。病院の暗さには多少慣れたとはいえ、少し離れた所にある自動販売機の明かりにはやっぱり救われる。あたしは、自分が蛾になったような気がした。団地の踊り場の裸電球に群がる蛾の一匹に。

あたしと彼の間に会話はなかったけれど、不思議と気まずいとは思わなかった。聞きたいことはたくさんあったけど、ハッキリ言うと、聞くのも面倒くさい。頭の中はグチャグチャに散らかっていて、なにから聞けばいいのかわからないし、最終的にはいつものように〝どうでもいい〟という答えに辿りついてしまう。

ただ、あたしは彼が言った〝約束〟について考えていた。

『明子とした約束を、果たしに来た』と、彼は言った。

おかしなことを言うもんだ、と思う。明子って……多分、ばあちゃんのことなんだろうけど、メチャクチャだ。タチの悪いイタズラか、からかってるのか……。

どちらにしても、雨がやんだら帰ろう。そう思ったとき、突然彼が口を開いた。

「寒くないか？」

「え？」

ハッキリとした声だったのに、聞こえていたのに、あたしは思わず聞き返してしまう。だって、あまりにも突然だったから。

「寒くないか？」

彼はもう一度、ゆっくりとした口調で聞く。

「あ、うん、大丈夫」

そう答えると、彼は安心したように笑った。

「ひとりか？」

「は？」

「ひとりで来たのか？」

「……うん」

……なんなの？

怪訝な表情をしているあたしに、彼は「そうか」と呟いた。それから、天井を見上げて、まるでひとり言みたいに言った。

「こんな時間に……恵が心配するだろう」

彼の口から出た〝恵〟という名前が、あたしの心臓を凍りつかせた。あたしのお母さんの名前は、〝桐谷恵〟だ。

マジで、わけがわからない。あたしのことを〝ちづ〟と言った。ばあちゃんを〝明子〟って呼んで、お母さんを〝恵〟……。

コイツ……本当に、なんなの？　誰なの？

面倒くさいで片付けていいことじゃないと思った。絶対普通じゃない。だって、コイツがあたしを知っていたとしても、あたしはコイツを知らないのだ。

「……ねぇ、なんで？　なんで、あたしのこと知ってるの？」

恐る恐る尋ねると、彼は困ったような顔をした。

「それは……ずっと見てたから」

「……は？　え？」

「ちづが知らないのは当然だ。でも、僕はずっと見てた。ちづが生まれた日のことも、よく覚えてる。恵が生まれた日のことも」

……この人、頭おかしいの？　つーか、マジでヤバいヤツ？

もうなにを言っていいかわからなくて困惑しているあたしに、真面目な顔をして彼は言う。

「それにしても驚いたな」

「……え？」

「ちづに僕の姿が見えるとは。驚いた」

それから、嬉しそうに笑った。

「夢みたいだ」

あぁ、もう無理だ。そう思った。

あたしはなにひとつ、ついていけないし、だんだんと、こんな変なヤツと話してることがバカらしくなってきた。だって、絶対頭おかしいじゃん、この人。

溜め息を落として、あたしは目を閉じた。

腕を組んで、うつむく。

雨、早くやんでくれないかな。

「……あまり、恵に心配かけるなよ？」

彼の声はちゃんと耳に届いていたけど、あたしはもう無視していた。

気づくと、窓から陽の光が差し込んでいる。いつの間に、寝てしまったんだろう。雨は上がっていた。病院の椅子の上で眠っていたせいか、体が痛かった。腕を伸ばしながら、あたしは思う。あれは夢だったの？

目覚めると、彼の姿は消えていたからだ。

もしかしたら、と思ってばあちゃんの病室の扉を開けてみたけど、やっぱり彼はいなかった。ただ、眠ったままの、ばあちゃんがいるだけ。

「……やっぱり夢か」

それにしても、いやに鮮明なハッキリとした夢だったような気がする。

「……変な夢」

ぼそっとひとり言を呟いた直後、ハッとした。

残っていたからだ。あの、物が燃えたあとのような、鼻をつく焦げ臭いにおいが。

……全部、夢じゃなかった。確かに、彼はここにいたんだ。

それは、なんだか不思議な気分だった。現実だと思うと、余計に。夢ならまだ理解できるのに、現実だったなんて。だとしたら、彼は結局なんだったんだろう。

あたしはすっかり途方に暮れる。

そして、いくつもの疑問とモヤモヤした気持ちを抱えたまま、病院を後にした。

空は、昨夜の雨が嘘だったみたいに晴れ渡っていた。

家に帰るとお父さんは仕事に行ったあとだったけれど、お母さんにキツく叱られた。

「うるさいなぁ」とか「うざい」とか、いつものように言い返して、たちまちケンカになる。

ガミガミ、ガミガミ、しつこいくらいに怒るお母さん。

「心配してたのよ！」、「どこに行ってたの!?」、「傘もささないで、風邪引くでしょ！」

……。

もう、うんざりした。いい加減にしてくれって感じ。

面倒になって自分の部屋へ行こうとしたら、お母さんが呼び止めた。

「ちづ！　今日、ばあちゃんの家に行くから、ついてきて」

「無理」

「どーせ暇なんでしょ！」

お母さんは怒っている口調のまま言い放つ。

「空気入れ換えたり、掃除したりするの手伝って。わかった？」

「勝手にやれば？」

「アンタ、暇でしょ！　お母さん、夕方から、またパートなの！　時間ないんだから！」

あたしは舌打ちをする。わざと聞こえるように。

マジで早く大人になって、こんな家を出たい。

「あーー！　生まれてこなきゃよかった！　本当ヤダ！」

「はい、はい。忙しいんだから動く、動く」

お母さんはサラリと受け流す。そういう感じが余計にムカつく。

頭にカァッと血が上って、あたしは壁を思い切り蹴った。派手な音が響き、うしろからお母さんの溜め息が聞こえた。

空気を入れ換えたり、掃除をしたり。それを甘く考えていたあたしがバカだったんだ。これじゃ、まるで大掃除だ。

夕方からパートだというお母さんは、さっきからずっと細々と動き回っている。上から下まで部屋中の掃除をして、布団を干したり洗濯したり。

「もうヤダーー！　疲れた！　ねぇ、なんで、こんなことするの？」

と、手伝わされているあたしは文句を言った。

すると、お母さんは悲しそうに笑う。

「ばあちゃんが……いつ帰ってきてもいいようにね」

チクッと心が痛くなった。

なんだか、言っちゃいけないことを言ってしまったような気がした。文句を言った自分は、すごく無神経な気がしたし、すごくガキだと思った。

でも結局、あたしは謝ったり反省したりすることができなくて、いつもただ黙るだけ。なにも言えなくなって、黙るだけ。だから、さらにイライラしてくる。他の誰でもない、自分自身にだ。

「時間がないから」と休みなく動くお母さんは、今度は庭で家庭菜園の世話を始めた。あたしは、縁側でうつ伏せに寝転がって、だらだらと本の整理をしている。さっき、お母さんから任された仕事だ。

ばあちゃんは愛煙家でもあったけど、読書家でもあった。だから、この家にはたくさんの本がある。分厚い推理小説から週刊誌まで、さまざま。ばあちゃんは読まなくなった本も処分しない人だから、たいていの本はホコリをかぶっていたりする。縁側に積みあげた本からは独特のにおいがした。湿気を含んだ、カビ臭いにおい。

あたしは太陽の光の中で、本についたホコリを払っていく。

ふと、チョコレート色の革の表紙の本を見つけて手が止まった。重くて分厚い、大きな本だ。興味本位で覗いてみると、家族の写真を収めたアルバムらしい。

最初のページは、ばあちゃんとじいちゃんの結婚写真だった。白無垢を着たばあちゃんは、当たり前だけど、今よりもずっと若い。健康そうで、真面目そうで、あたしは写真の中のばあちゃんをとても美人だと思った。

あーぁ。あたしも、ばあちゃんに似ればよかったのにな。

それにしても、ばあちゃんもじいちゃんも、ずいぶんと緊張した面持ちで写真に写っている。〝THE　無表情〟、みたいな。

あたしは思わず、笑ってしまった。

どんどんページをめくっていくと、このアルバムが家族の歴史になっていることに気づいた。

伯母さんたちが生まれて、末っ子のお母さんが生まれる。お母さんの目は、子供の頃から切れ長だったようだ。どうやら、じいちゃん似みたい。つまり、それをあたしは、しっかり受け継いでしまったわけだ。

七五三や、入学式、卒業式。運動会に遠足に、家族旅行や誕生日。日常の小さなひとコマもたくさん切り取ってあった。

この古いアルバムには、家族の歴史が詰まっている。見ているうちに、不思議と幸せな気持ちになっていく。胸の奥に小さな小さな火が灯ったみたい、そんな気がした。

そして、最後のページは、家族みんなが集まっている写真だった。ばあちゃん、じいちゃんを真ん中にして、伯母さんたち、伯母さんの家族たち、あたしのお母さん、お父さん。そして、お母さんに抱かれているのは赤ちゃんのあたしだ。

　みんな、笑顔だった。みんな、幸せそうだった。すごくいい写真だと思った。なんだか誇らしくて、嬉しくて。写真に視線を落としながら、いつしかあたしも笑顔になっていた。

　アルバムの最後のページには、さらに写真が挟まっていた。その一枚だけ、まるで、しおりのように。写真を見たあたしは、次の瞬間、衝撃のあまり固まった。

「……これって……」

　それは、とても古い写真のようだった。白黒の写真だと思うが、色褪せてセピア色に近くなり、端々は小さく破れていたりする。

　写っているのは、ふたり。ひとりは、結婚写真よりもさらに若いときの、ばあちゃん。おかっぱ頭だ。そして、その隣に佇んでいるのは、アイツだった。

　……昨夜、あたしは、ばあちゃんの病室で彼に会った、確かに。

　写真で見る彼と、あたしが見た彼は、服装も髪型もまったく同じ。坊主頭で、繊細な顔つきで、ガラス玉みたいな瞳で。

　写真の中のばあちゃんと彼は、木々に囲まれた森のような所にいる。ふたりとも直立不動で立っていて、ふたりの間には、花を咲かせた一本の木。

食い入るように写真を見つめる。

「あ〜疲れた！」

そのとき、お母さんの声が降ってきた。汗だくになったお母さんは、両手いっぱいに真っ赤に熟したトマトを抱えている。それを縁側に置くと、「う〜ん」と伸びをした。

「ばあちゃんがいない間に、こんなにできちゃったのよ。しばらくはトマト三昧ね」

「……お母さん」

「ん？」

「……この写真って……」

あたしは手にしていた写真をお母さんに見せる。

するると、お母さんは、

「あぁ〜うわぁ、懐かしい！」

と、言って笑う。

「昔、お母さんも偶然、この写真見つけてね。ばあちゃんに聞いたことがあったの。〝この男の子、誰？〟って」

「うん」

「ユキオくんっていう、ばあちゃんの初恋の人なんだって」

言葉に詰まった。あたしは、もう返事すら上手にできない。

「幼なじみだったんだって。確か……この写真のときは、十三歳って言ってたかな。戦時中だったらしいから、ばあちゃんも大変だったろうね」

ばあちゃんがしてくれた昔の話、そして、病室で彼が言ってたこと。鳥肌が立った。

……あの子が、ユキオくん……？　それなら、彼がばあちゃんのことを〝明子〟なんて呼ぶのも、納得がいく。

え……でも……ちょっと待って、それって……。

「六十年以上も昔の写真、今も大事にしてたのね……。この子、写真を撮ってからしばらくして、亡くなったらしいから。形見みたいなものなのかもね」

お母さんの声を聞きながら、胸の奥でひどく動揺していた。

それって、つまり……。

あたしが見た彼は、幽霊ってこと――？

守りたいもの

もう十時近かったけれど、あたしは家を出た。ばあちゃんの家から帰るとすぐ、パートに出掛けたお母さん。いつも、たいてい酔っ払って夜遅くに帰ってくるお父さん。だから、あたしは誰に文句を言われることもなく、こんな時間でも家を出られる。

昨日の夜と同じ道を歩きながら、空を見上げた。雨は降ってないし、雷も鳴ってない。藍色の夜空には、ダイヤモンドのような無数の星が輝いていた。今日はあたしも泣いてないし、靴もサンダルじゃなくてスニーカーだ。

ばあちゃんの家から、つい持ってきてしまったあの写真。もしものときのためにカバンに入れてきたけど、〝もしものとき〟というのが、いったいどういうときなのか、自分でもわからないのだった。

暗い病院の中で不気味に浮かび上がる、非常口の緑色の光。今さらだけど、ここなら幽霊が出てもおかしくはないと思う。そして、これも今さらなんだけど、昨日も今日も、とっくに面会時間なんて過ぎてるような気がする。

あたしは細心の注意を払いながら、ひっそりと廊下を歩いた。

ばあちゃんの病室の前まで来ると、一度、ゆっくりと深呼吸をする。覚悟を決めなければならない。だって、この扉の向こうにいるかもしれないアイツは、この世の人でない可能性絶大なんだから。……正直に言えば、怖い。怖いけど、あたしはドキドキもしている。

『明子とした約束を、果たしに来た』

その言葉の意味を知りたかった。

あたしは、意を決して病室の扉を開けた。

……そこに、アイツはいなかった。

でも、どういうわけか窓が開け放たれていて、風でカーテンが舞い上がっている。病室の中が妙に明るいと感じるのは、今夜が満月だからだろう。

あたしは、ホッとしたような、残念なような気持ちになった。

そんな都合よくいるわけないか。

畳まれていたパイプ椅子を引っ張り出す。ばあちゃんが眠っているベッドの横、窓との間に広げ、あたしは肩を落として座った。

そのとき、うしろの窓から背中に風を感じた。開きっぱなしの窓からやってくる風は、強くて大きな風だ。矢のように速く強烈なそれは、あたしの髪をさらっていく。

誰だよ、閉め忘れたヤツ！

苛立ちながら、窓を閉めようと立ち上がる。風の中で振り向いた瞬間、あたしは声にならない悲鳴を上げた。驚きすぎて、心臓が震えている。

開いたままの窓、その窓枠に器用に腰かけた、彼。さっきまで、そこにいなかったはずの彼がいた。風に踊るカーテン。焦げ臭いにおいが部屋を満たしていく。

まるで金魚のように口をパクパクとさせているあたしなんて、お構いなしの彼はやっぱり昨日と同じ格好で、ただただ無表情。そのガラス玉みたいな目で、黙って、ばあちゃんを見つめていた。

本当にいる。ここにいる。夢なんかじゃない。写真と同じままの、彼がいるのだ。服や靴がボロボロなのは多分……戦時中のままだからだ。

「あの……」

あたしの口から出たのは蚊の鳴くような声だったけど、彼はあたしに視線を向けた。その真っ直ぐすぎる眼差しに、たじろいでしまう。

あとずさりすると、あたしの足はベッドにぶつかってしまった。

「明子が心配か？」

顔を上げると、その瞳はあたしを捉えたままだった。

「大丈夫だ。連れていったりしないから。そのときが来るまでは」

「……そのときって？」

月光に照らされた彼は、ちゃんと呼吸をしていて、ちゃんと皮膚もあって足もある。半透明だとか足がないとか、そういう〝幽霊らしさ〟はどこにもなかった。

「……ばあちゃんを迎えにきたの？」

彼は、なにも言わない。そして、あたしの頭に、ばあちゃんの言葉が浮かんだ。

「ばあちゃんから聞いたことがある、アンタのこと。幼なじみがいたって。一緒に宝物を埋めたって。ばあちゃんが言ってた！　自分が向こうへ行くときは、迎えにきてくれないかなって！　……だから！　……だから、迎えにきたの!?」

次第に感情的になったあたしの声が病室に響く。

運動をしたあとみたいに息が荒く、あたしは今にも泣いてしまいそうになるのをこらえていた。

「約束って……そういうこと!?　迎えにくるってこと!?」

すっかり弱々しい声で尋ねるあたしに、彼は悲しそうな目を向ける。

「まだ……まだ、連れていかないで！　ばあちゃんを連れていかないでっ!!」

話したいことが、たくさんある。やりたいことが、たくさんある。教えてほしいことも、たくさんあるの。

また、ばあちゃんの笑顔が見たい。優しい声で名前を呼んでほしい。

だし巻き卵もポテトサラダも食べたいよ。縁側で、一緒にスイカ食べようよ。

ヤダよ、こんな終わり方。まだ……まだ行かないでよ。

彼が幽霊だとしても、死神だとしても、ばあちゃんを連れていくなら許さない！

「違うよ」

だけど、彼はゆっくりと言った。ゆっくりと、ちゃんとあたしに理解させるように。

「僕は待ってるんだ。そのときが来るのを。そのときが来たら、明子を連れていく」

「……そのときって……いつなの？」

瞳から零れ落ちてしまった雫が、あたしの頬を流れていった。

「それは僕にもわからない。僕に許されているのは、見ていることと、待つことだけなんだ」

見ていることと、待つこと？　なんだか気が抜けて、あたしはストンと椅子に腰を下ろす。

「……約束は、ふたりで埋めた宝物のことだ」

宝物……。ばあちゃんも話してくれた、タイムカプセルのことだ。

「〝必ず、また会おう、そのときに開けよう〟。そう約束した。でも、守れなかった」

彼は目を閉じて、悔しそうに顔を歪ませる。幽霊……のクセに人間くさくて、調子が狂ってしまう。

「……どうして、守れなかったの？」

「……僕が死んでしまったから」

なにも言えなかった。わかっていたはずのことなのに。なにも言えなかった。

「明子に見せてやりたいんだ。今度こそ……守りたいんだ」

「……探してるの？　宝物を」

彼は、黙ってうなずく。

「でも、無理かもしれないな」

「……え？」

「どこに埋めたのか、肝心なことを覚えてないんだ。それに……」

「それに？」

「僕は、この世の物を触れない」

そう言った彼の手が、真っ直ぐあたしに伸びてくる。思わず、身構えた。

だけど、その手はあたしに触れることなく、まるで空気を掴むみたいに、あたしの体を通り抜けた。

「あなたが、ユキオ……なの？」

彼は、こくりとうなずいた。

「……本当に、幽霊なんだ」

ってことは、タイムカプセルを見つけたところで触ることもできないんだ……。

「ちづ。僕は、夜の間しか一緒にいられない。陽が昇れば、ちづにも見えなくなる」

「……なに、それ？」

「朝、ちづが目覚めたとき、僕はずっと近くにいたんだよ」

朝起きたとき、廊下にも、病室にもいなかった。あたしが……見えなくなっただけなのか……。物に触れられなくて、夜の間しか姿が見えない。幽霊の世界もいろいろ大変なんだ、と妙に冷静に思う。

……彼、ユキオは、ずっとずっと昔にばあちゃんとした約束を果たしに来た。自分が死んじゃったせいで、守れなかったから。タイムカプセルを見つけて、ばあちゃんに見せたいんだ……。ばあちゃんは……ばあちゃんは……。

あたしは、月に照らされたばあちゃんの顔をそっと見つめた。

ばあちゃんは、この人に恋をしていた。ばあちゃんは、この人をずっと忘れなかった。ばあちゃんにとって、すごく大切な人なんだ。ばあちゃんは、今でもふたりで撮った写真を大事にしてた。

……ばあちゃんは……多分、きっと……死んでしまうんだ。

「ねぇ」

深くなんて考えてない。ただ、ユキオに同情しただけなのかもしれない。

でも。

大好きなばあちゃんに、あたしも見せてあげたいと思った。タイムカプセルに詰め込んだ宝物を。いつでも会える、なんて、なんの確証もないから。最後、かもしれないから。

あたしはまだ、ばあちゃんになんのお礼も恩返しもしていない。

「お願いがある」

ばあちゃんの言うとおりだ。この人は、きれいな瞳をしている。

「宝物、あたしも探させて」

あたしはユキオの目を見つめて、そう言った。

第二章

真夜中の捜索

街の景色を見下ろしてして、ユキオは無邪気に笑っている。

「すごいな。夜なのに、こんなに明るいのか。さっきのあの橋だって、いつの間にできたんだ？」

あたしは答えない。まったく、呑気なヤツだ。

ばあちゃんの家の物置から持ち出してきたシャベルと自宅から持ってきた懐中電灯を手に、今あたしは真夜中の山でひたすら穴を掘っている。


タイムカプセル捜索、一日目。

こんなにキツい肉体労働だなんて思わなかった。

「本当にここなの？」

汗を拭いながら尋ねる。よく整備された遊歩道とはいえ、片手にシャベル、片手に懐中電灯。さらに、重いリュックサックを背負っているから超しんどい。

リュックサックには、いざ、というとき必要になりそうな物を、思いつく限り詰め込んできた。果物ナイフとか、ライターとか、救急セットとか。備えあればナントカだ。

　彼は難しい顔をしながら、「多分な」と答えた。

「多分って……」

　彼の記憶だけが頼りなのに。本当に、ばあちゃんも、この人も、肝心なことを覚えてないんだから。

「だいたい、なんで中学校の裏山なんかに埋めるわけ？」

「この山で、よく明子と遊んだんだ。僕の妹も一緒に」

　妹がいたのか。それより……そんなことより……ドン引きだ。だって……。

「よく、こんな場所で遊べるね……」

　この山は、ワケありなんだから。

　山の近くには渓谷があり、高所恐怖症の人なら卒倒するだろうと思われる高さの橋が架かっている。橋を渡ると、ハイキングに打ってつけの大きさの山へと遊歩道が続いている。夏には涼しさを求めて、秋には紅葉の美しさを楽しみにやってくる観光客も結構いるけど、地元の人間なら、まず近づくことはない。その理由は、ふたつある。

　ひとつは、橋が〝自殺の名所〟として超メジャーだから。いわゆる心霊スポットとしても、このあたりじゃ有名だ。

　そして、もうひとつは……。

「この先は、どうなってるんだ？」

「展望台があるだけ。遊歩道も、そこで終わり」

「……おかしいな」

彼は首を傾げている。

それにしても……重い。怠けた夏休みを過ごしていたあたしには、もはや拷問の域。そのくらいキツい。ついでに、お腹空いた……。

「なにが、おかしいの？」

「神社があったはずなんだ」

「え……？」

「明子と妹と、そこで遊んでた。もしかしたら、あの神社に埋めたのかもしれない」

「………」

「ちづ？」

よりにもよって……神社？

彼の言う神社、それは、確かにある。展望台から先、なんの整備もされていない不気味な細い道の先にひっそりと佇む神社。

……この山に、地元の人間が近づかない、もうひとつの理由。それは、古い言い伝えが関係している。

そこは大昔、お城だったという。城には姫がいたというが、その姫が不審な死を遂げたという話がある。神社の裏は草木が生い茂るばかりで、まるで樹海のような雰囲気を醸し出している。そこに足を踏み入れたら最後。神隠しに遭うという話まであるのだ。

最近でも、白骨化した死体が発見されたとか、首を吊った女の死体があった……なんてウワサも。それらはすべて〝姫の呪い〟と言われていて、誰も寄りつかないのだ。

ちょうど展望台が見えてきたところで、あたしは立ち止まる。彼は不思議そうに、あたしを見つめた。

「……今日は、もう帰らない？」

「まだ、夜明けまでは時間が……」

「疲れたし！　お腹空いたし！　また明日にしようよ！　ねっ！　ねっ!!」

必死に頼み込むあたしを見て、彼は少し驚いている。

「ちづがそうしたいなら……」

彼がそう言いかけたとき、背後でガサッ！という異様な音がした。あたしの心臓は飛び上がる。

「ちづ？」

彼が心配そうにあたしを見る。

でも、無理だ。今、話す余裕なんてない。体が全部、心臓になってしまったような大きな鼓動と、額には冷や汗。

——ガサッ！　ガサササッ!!

恐怖に侵されていく、あたし。

だからイヤだったんだ、こんなとこ来るの！　身を固くして、震える手で懐中電灯を向けた。

光が照らすのは、ジャングルのように生え放題の草。空に向かって高々と伸びる木々。

そして次の瞬間、草がザザザッ！と鳴ったかと思えば、姿を見せたのは、泥だらけの三毛猫だった。

猫は「ニャー！」と鳴いて、すばやく草むらの中へ消えていく。あたしは緊張から解放されたのと安堵とで、その場に座り込んでしまった。

「猫……かよ……」

あたしの様子にきょとんとしていた彼と、視線がぶつかる。あたしは急に、恥ずかしくなった。同時に、よくわからないけど、腹が立つ。

「悪い!?」

「え？」

「ムカつく！　なんでこんな山!?　なんで神社!?　よりにもよって……！　空気読めよっ!!」

激しくキレるあたしと、わけがわからないといった表情の彼。

「ちづ？」

「……だから、そんなとこに埋めるなんてどうかしてるって言ってんの！　しかも、神社って……」

座り込んだまま、青ざめているあたし。けれど、なぜか彼は腹を抱えて笑い出す。

「っ！　バカにしてんの!?」

頭にきた。こっちの気も知らないで！

彼は、笑いながら口を開く。

「姫の呪いが怖いんだな……ごめん」

「……はぁ!?」

それで、謝ってるつもり!?

心の底からおもしろいのか、彼は涙を拭いながら笑う。

「ちづは、おもしろいなぁ。僕だって似たようなもんじゃないか」

……そうだった。彼は幽霊。マジに幽霊だった……。

大きな声で、全身で笑う彼を見ていたら、どうしようもなく恥ずかしくなる。顔が熱い、耳が熱い。

「だって……アンタは幽霊らしくないんだもん！」

ただでさえ幽霊らしくないのに、そんな顔で笑わないでよ。

彼の笑顔は、生きてる人より生きてるって感じだった。こんな風に、思いきり感情をさらけ出す人、あたしは初めて出会ったと思う。

ムカついてたのに、頭にきてたはずなのに、急にその笑顔を見ていられなくなった。おまけに、奇妙な息苦しさも覚える。あたし、なんで、こんなにドキドキしてるんだろう。

「続きは明日にしよう。腹が減るなら弁当も持ってくればいい」

彼はまだ、笑っていた。一点の曇りもない笑顔でそう言うと、あたしに手を差し伸べた。心臓はうるさいし、顔はなぜか、緩んでしまいそうになる。だからってニヤニヤするわけにはいかないから、無理やり唇を噛んだ。

彼の手を掴もうとした。でも……掴めなかった。あたしの手は、彼の手を抜けて宙を切っただけ。

その瞬間、あたしはまた、ハッと気づかされる。忘れていた。そうだ、ユキオはこの世の人ではない。あたしが彼に触れることも、彼があたしに触れることも、永遠にないのだ。なんで、こんなに胸が痛いんだろう。

あたしはうつむいた。

「人と話すのは久しぶりで……僕まで忘れてた。ちづ、自分の足で立て」

自嘲するような笑い声が、夜の闇の中に沈んでいく。

あたしは、彼の顔を見られなかった。傷ついてるんじゃないか、とか思ったら、怖くなった。

「……言われなくても、そうするっつーの」

彼に触れてもいない右手が、なぜかじんじん痺れている。その悲しい痛みに気づかなかったフリをして、あたしは来た道を引き返す。

彼はほんの少し距離をあけて、あたしの隣を歩く。ゆっくりと、でも確実に空は明るくなっていく。夏の夜は短い。

「明日は、神社まで行ってみよう」

「………………」

「そんなに幽霊が怖いのか？」

「つなわけないじゃん！」

キッと睨みつけると、彼はおかしそうにクスクスと笑う。

「……ただ、少し不安なだけ」

「不安？」

そう。私はさっきのふたつの話の他に、もうひとつの出来事を思い出していた。こんな所まで来たのは本当に久しぶりだったから、すっかり忘れていた。

「……小さい頃、神社へ行って迷子になったの」


あれは、小学校三年生。あのときも、夏だった。

呪いとかウワサとか、ちっとも怖くなかったあたしは、悠を誘って神社へ向かった。言い出したのは、もちろんあたしで、悠は反対していた。大反対だ。

それでも、あたしが『意気地なし！』と言うと、半ベソを搔きながらついてきた。遊び半分だった。怖くなったら帰ればいい、そう思っていた。

展望台の先にある細い道をふたりで歩いた。だんだんと険しくなり、道といえるものではなくなっていく。草を搔き分け、地面に手をついて進んだ。山の中は昼間でも薄暗く、天高く伸びた木々が空を隠していた。

ようやく神社に辿りついたものの、目の前には、果てしない長さの石段。そのときには、もうとっくに帰りたくなっていたけれど、あたしは意地になっていた。

悠の手を引っ張って石段を上り切ると、問題の神社に着く。人の気配なんて一切なくて、もうずっと長い間放置されていたような小さな神社。

不気味だと思った。怖かった。

でも、そのとき、雨が降ってきたのだ。しかも、ほとんど日も暮れかけていた。どんどん暗くなる山の中で、あたしは焦っていた。悠の手を引きながら。走って、走って、夢中で走った。

道に迷ったと気づいたときにはもう暗くなっていて、ふたりともボロボロだった。悠は二回も転んで、顔と膝を擦りむいていた。雨に濡れ、泥だらけで、心細くて、不安で不安で。疲れ切ったあたしたちには、これ以上、歩く気力も体力も残っていなかった。たったふたりきりの山の中、暗闇がぽっかりと口を開けていた。

もう、耐えられなかった。耐えられなくて、あたしはわんわん泣いた。まるで、この世の終わりみたいに。

悠は泣かなかった。ただ、じっと黙って膝を抱えて座っていた。今思えば、あたしが泣いたから悠は泣けなかったんだと思う。

「……それで、どうしたんだ？」

「お母さんが迎えにきたの」

疲れ果て、泣き疲れた頃、あたしの名前を呼ぶ声を聞いた。それがお母さんだとわかったとき、嬉しくて嬉しくて、必死で叫んだ。

『お母さーん!!　お母さーん!!』

あたしと悠を見つけたお母さんは、心底ホッとしたという顔をした。でも、それから目にいっぱい涙を溜めて、あたしの頬を打った。

『なにしてんの!?　アンタはっ！』

お母さんは叫びながら、キツくあたしを抱き締める。息苦しいくらいに。

『どれだけ心配したと思ってんの!?　お母さん、ちづになにかあったら生きていけないのよ！　わかる!?』

打たれた頬が痛かった。それ以上に、心が痛かった。

お母さんは泥だらけだった。髪も服も、グショグショに濡れていた。あたしはまた、わんわん泣いた。


お母さんの腕の中がびっくりするくらい温かかったことを、今でも覚えている。あの日以来、神社はちょっとしたトラウマで、一度も近づいたりしなかった。

「……まぁ、それだけなんだけど……」

気まずい……。しかも、最終的にお母さんの話になってしまったから、なんだか照れくさかった。

「そうか」

彼はそんなあたしを見て笑う。照れていることを見透かされてるようで腹が立つ。

「大丈夫」

「は？」

「迷ったりはしない。僕がついてる」

そんなことを言われると、どう答えていいかわからない。いちいち動揺している自分が気持ち悪かった。

そうして、最初に通った遊歩道の出入口が見えてくる頃、空には淡いオレンジの光が射していた。

「恵には言ってあるのか？」

「なにを？」

「ちづが、ここで探すのを手伝ってくれてることだ」

「…………」

……言えるわけないじゃん。幽霊と一緒にタイムカプセルを探してる、なんて誰も信じない。

「言ってないのか？　恵が心配するだろう？」

「……大丈夫だって」

「大丈夫じゃないだろ！」

「あーはい、はい、言ってあるって！　もう、うるさいなぁ！」

彼の方に顔を向けたあたしは息を呑んだ。

「……え……」

彼の体が透けていた。どんどん薄くなって、朝の光が透過している。

「……時間みたいだな」

「また、夜になれば見えるんだよ……ね？」

彼はうなずく。

「いいか？　ちづ。家族に心配かけるなよ？　恵に言ってないなら手伝わなくていいから」

それだけ言うと、まるで煙のようにスッと消えてしまった。でも、彼は見えなくなっているだけで、すぐ近くにいるんだろう。だから〝消えてしまう〟より、〝見えなくなってしまった〟が正しいのだ。

言いたいことだけ言って見えなくなるなんて……ズルい。手伝わなくていい、とか。彼のためじゃない。ばあちゃんのためにやってるんだ。

あたしは腹立たしくてたまらなかった。ついでに、ひどくショックだった。急に、突き放されたような気になったからだ。

あームカつく。心配してるとかしてないとか、そんなの余計なお世話だ。

「チッ」

あたしは舌打ちをしてから、ハッとした。今は見えない彼が、聞いているかもしれない。

どうして、いつもこうなんだろう。あたしは、いつも腹が立っている。

友情が壊れた日

また、夜がやってくる。

夕方のコンビニで、おにぎりを選んでいるときだった。タラコのおにぎりに手を伸ばそうとしたら、横から奪われた。

「これだろ?」

自分で取ったクセに、あたしに渡してくる悠。得意げに笑っているのがムカつく。いくら近所だからって、近くのコンビニでまで偶然会いたくないっての。

「ちづはタラコのおにぎり好きだもんなぁ～、昔から」

悠を見上げながら、気づいてしまう。コイツ、また背、伸びた。

「……いつの話してんだよ!」

あたしはタラコのおにぎりを突き返して、梅干しのおにぎりを掴むと、真っ直ぐレジへ向かう。

コンビニを出て、空に広がる薄桃色を見つめた。奇妙な色だと思う。心の中が波風を立てるみたいに、気味悪い色。でも、きれいだった。

落下していく太陽を見つめた。あたしは、夜を待っている。

店の外に置いておいたシャベルを掴むと、うしろから悠が追いかけてきた。

「なに？　そのシャベル」

「成海には関係ないじゃん！」

大きな声を出すと、悠はわざとらしく肩を落とした。

「……ちづ、行かないのか？」

「は？　なにが？」

「夏祭り。今日八月五日だろ」

悠は、前を通り過ぎていく浴衣姿のカップルを見ながら言った。

「行くわけないじゃん！」

地元の夏祭りなんかに行ったら、美季や高嶋たちに会うかもしれない。絶対にイヤだ！　そんなことになるなら、死んだ方がマシだ。

「けど、花火も上がるしさ！　ちづ、ガキの頃は楽しみにしてたじゃん。花火に金魚すくいに、かき氷！」

悠の記憶力はなんなの？　あたしの好きなもんなんて、よく覚えてるよね。

「だから、行かないって」

「なんで？」

「はぁ!?　そんなに行きたかったら、他のヤツと行けよっ！」

「俺は……俺は、ちづと行きたいんだ」

そう呟くと、悠は急に焦ったみたいに、あたしから目を逸らした。

「……幼なじみだし、さ」

だから、なんだよ？　幼なじみだから、なんだよ？

耳を真っ赤にしている悠の面倒くさいリアクションは、いちいちあたしをイライラさせる。テメェで言って、テメェで照れて、バカじゃねぇーの？

「やめろって言わなかったっけ？」

「え……？」

「〝ちづ〟って呼ぶなって言ってんじゃん。キモいんだよ！　いい加減わかれよ！　迷惑なんだよ！　もう、あたしに関わるんじゃねぇーよ!!」

あたしは悠に背を向けた。

わかってる。悪いのは悠じゃない。そんなこと、始めからわかってる。でも、こうでもしないとやってられない。

悠のせいで、美季たちから、睨まれた。悠のせいで、イヤがらせを受けた。悠のせいで、学校に行けなくなった。

そう思っていると、少しは楽になれたんだ。だから、あたしは会うたび悠に、つらく当たってしまう。

「今さら〝桐谷〟なんて呼べっかよ！　お前も、いい加減わかれよ！　鈍感女!!」

コンビニの駐車場を横切っていくあたしの背中に、悠が叫ぶ声が聞こえた。

鈍感女……？　悠のクセに！　誰に向かって言ってんだ!!　こっちだって、今さら〝成海〟なんて呼びたくねぇよ！　アホ悠!!　けど……そうしないと……だって、美季たちが……。

シャベルを持つ手に力を込める。あたしはいつまで、こんな風にビクビクしながら生きていくんだろう――。

夏祭りへ向かう楽しそうな人の流れの中、あたしは、あたしだけがひとりぼっちだと思った。花火も、金魚すくいも、かき氷も大好きなのに。大キライになってしまいそうだ。

小さい頃は、ばあちゃんと夏祭りに行った。両親とも行ったし、悠とも。

……去年は、愛美とふたりで行った。去年の夏は楽しかったなぁ。

なのに、今年の夏は……ばあちゃんが倒れたり、幽霊とタイムカプセル探したり、散々な夏。

「ち・づ・る！」

そのとき、自分の名前を呼ぶ声がして、それとほとんど同時に、背負っていたリュックサックがうしろへ引っ張られた。あたしはそのまま転びそうになる。

「あはは！　超ウケる！」

顔を上げなくても、誰かなんてわかる。

美季が、手を叩いて大げさに笑っていた。ピンクの浴衣を着た美季の周りには、同じように笑うナオミと、あたしを睨んでいる彩織。三人のうしろには、まるで身を隠すようにして、愛美がいる。愛美はあたしと目が合うと、気まずそうにうつむいた。

「ってか、なにその格好!?」

上目遣いで、わざとらしい口調で、美季は楽しそうに言った。

「リュックに……シャベル？　え、え、なんでシャベル～？」

「うわっ！　マジだ！」

美季と同じように、ナオミが大げさに言った。あたしは黙ってうつむいていた。会いたくないヤツには、会うようにできてるのかな。

「ねぇ～千鶴ぅ～。さっき、そこのコンビニで成海くんと話してたよね～？」

見られてた。最悪だ。あたしの頭はフル回転で言いわけを考える。でも、焦っているせいか、なにも思いつかない。

「ウチらさぁ、千鶴に言いたいこといっぱいあるのにさぁ、ずーっと学校休んでるしぃー」

「ち、違うの！」

なにかを言わなくちゃ。そればかりが先走って、おかしなタイミングで言葉が口から出る。

一瞬、場がシンと静まり返ってから美季がケタケタと笑い出した。

「え？　なにが？　意味わかんないんだけど」

ナオミが真顔で言う。その目は、あたしを蔑んでいた。彼女たちに囲まれたあたしの足は、今にもガクガクと震え出してしまいそう。

「まぁいいやぁ。とりあえずさぁ、土下座でもしてよ？」

美季は、あたしに顔を近づけて当然のように言った。

「千鶴は無神経だからわかんないんだろうけど、アンタのおかげで彩織が超傷ついてんの」

「…………」

「成海くんとデキてた上に、公開チューだよ？」

「デキてないっ！」

「さっきだって、そこで痴話ゲンカしてたし！」

「デキてないってば！」

「は？」

美季は低い声で、あたしを睨む。あたしはたじろいで、なにも言えなくなる。

「口答えしてんじゃねぇよ！」

ナオミが怒鳴って、彩織はあたしを睨みつけながら「サイテー」と呟いた。あたしたちの周りを通り過ぎていく人たちは、何事かと思ってチラリと見るけど、それだけだ。誰も助けてくれない。

「彩織を応援してるようなこと言いながら、実はデキてたって性格悪すぎじゃん？ウチらのこと、笑ってたんだ？」

「……違う」

「うざっ！」

美季は吐き捨てるように言うと、あたしのリュックサックの肩ひもを掴んで引っ張った。そうして、耳もとで呟く。

「いつまで生きてる気？　目障りなんだよ。とっとと死ね」

あたしは唇を噛んだ。強く、強く、噛んだ。

「あ～そうだぁ！」

美季は急にまた、甘ったるい声を出す。

「美季、ずっと思ってたんだけど～」

悔しい。つらい。悲しい。誰も助けてくれない世界で、あたしはひとりぼっちで、逃げても逃げても、どこにも辿りつかない。

「千鶴の目ってさぁ、死んだ魚の目に似てない？」

ナオミが笑い出す。バカにするように、楽しそうに。

「わかる、わかる！　美季って天才！」

「だよねー！　愛美もそう思うでしょ？」

愛美はうつむいたまま、顔を上げない。

「思うよね〜？」

美季は、そんな愛美の肩をギュッと抱いた。無言のままの愛美に、あたしはひとすじの希望を持ってしまう。愛美、あたしたち親友だよね……？

「愛美ぃ？　思うよね？」

美季の声がわずかに低くなると、愛美は慌てて口を開いた。

「……うん」

「千鶴なんてぇ、大ッキライだよねぇ〜？　裏切り者で、嘘つきで。そうでしょ、愛美？」

「……うん」

……あたし、バカみたいだ。本当、バカみたいだ。

美季は勝ち誇ったような笑みを浮かべる。

「だって！　残念だったね、ち・づ・る！」

あたしが愛美に期待する、それを、美季はちゃんとわかってる。あたしの心を壊す方法を知ってる。

もう、疲れちゃったよ。こんな風に傷つくのは、もうイヤなんだよ。信じるのとか、期待すんのとか、もう……もういいよ。

「で、土下座は？」

美季が言ったとき、あたしの頬には涙が流れていた。

「え～！　嘘⁉　泣いてんの⁉」

「ウケるっ！　写メ撮ろうよ～！」

「……泣けばすむと思ってんだ？」

次々に浴びせられる言葉が刺さる。その間、愛美はオドオドしていた。泣き出したあたしを見て驚いたんだろう。愛美が知ってるあたしは、気が強くて、悠をイジメッ子から守っていたあたしだ。でも、もうそんな自分はどこにもいない。もう、いない。

「オイ！　顔上げろよ、ブス！」

ケータイを持ったナオミがあたしの髪を引っ張る。その瞬間、あたしはナオミを突き飛ばして走り出していた。

「テメェ！　なにすんだよっ‼」

どうにでもなれ、と思う。息が切れて、脇腹が痛くて、喉が熱くて。夏祭りへ向かう人たちに、何度も何度もぶつかった。

このまま死ねたらいい。このまま、あたしなんか……。悪口も、イヤがらせも、仲間ハズレも耐えられる。耐えられると思ってた。

でも……それは、心のどこかで愛美を信じていたからだ。一緒に笑って一緒に泣いて、何度ケンカしても、すぐに仲直りする。そうやって積み重ねてきた日々を……信じていたからだ。

バカバカしい。そんなもの、捨ててやる！

拭っても拭っても溢れてくる涙で、視界がゆらりと揺れる。あたしは、嗚咽なのか悲鳴なのかもわからない声を上げながら走った。

街には、もうじき夜が下りてくる。

おにぎり

日が沈み、あたりが暗くなると、彼は突然やってくる。あたしはそのとき、のろのろと遊歩道を歩いていた。

「どうした？　ひどい顔だ」

ひどい顔はもともとだ。つか、余計なお世話だ。

「なんかあったのか？」

「べつに……」

幽霊に悩みを相談する趣味はない。でも、あたしに見えないだけで昼間もその辺にいるのかと思ってたのに、美季たちとのこと知らないのかな？

「アンタさぁ、見えないときは、どこにいるの？」

「明子のところ」

「………」

聞かなきゃよかったと思った。なんか……すごく惨めだ。

ユキオのたったひと言で、どうしてあたしが、こんなに傷つかなくちゃいけないの。意味わかんない。だいたい、ユキオがいつもあたしのそばにいるとか思い込んでいたなんて、キモすぎる。勝手にショック受けたり……ありえないし。

「ちづ、やっぱり、なんか変だぞ？」

そう言って、あたしの顔を覗き込むユキオの瞳は、驚くほど澄んでいる。その瞳に見つめられると、居心地が悪くて仕方ない。胸の奥になにかが詰まっているような、おかしな感じがする。

あたしは慌てて目を逸らして、

「うるさいなぁ！」

と言うのがやっとだった。

ユキオは……ばあちゃんのことが好きだったんだろうか。だから、幽霊になってでも約束を果たしにきたのかな？　だから、ばあちゃんに〝そのとき〟が来るまで待っているの？

そんなことを考えてたら、どんどん腹が立ってきた。一緒にタイムカプセルを探してるあたしのことなんて、どうでもいいわけだ？　すっごいイライラする。ムカつく。

どっと押し寄せてくる感情に動かされるみたいに、あたしは足早になっていく。

「あれ？　今日は怖くないのか？」

からかうように言う、呑気な彼のおかげで、あたしの苛立ちはさらに増していく。

悠のこと。美季たちのこと。愛美のこと。うざい親に、腐った人間関係に、バカバカしい友情。ばあちゃんのこととか、幽霊のこととか、タイムカプセル探しとか。

あたしの頭は、もうとっくにパンクしている。

ムカつく、ムカつく、ムカつく!!

まるでリズムを刻むように、胸の内で繰り返した。

展望台に到着すると、あたしは躊躇うことなく草だらけの細い道へ入っていく。

あたしの様子を見て、彼は驚いている。今のあたしに怖いもんなんて、なにもない。

いつ、どこで死んだってかまわないし、むしろ、若いうちに死ねるならラッキーじゃん。自分の歳取った顔なんか見たくないし。

そうだ……そうだよ、あたしはずっと死にたいと思ってた。楽になりたかった。悲しいこともつらいこともない世界。天国だろうが、地獄だろうが、この世界よりはきっとマシだ。

シャベルを杖の代わりにして、草や木につかまりながら道なき道を進んでいく。懐中電灯の明かりを頼りに闇の奥深くへ。

あたしの頭の中は〝死〟の文字でいっぱいだ。〝自殺の名所〟なんて言われる橋がせっかくあるんだから、あの橋から飛び降りればいい。簡単なことだ。あたしが死んでも、きっと美季たちは泣かないだろう。「マジで死んじゃったよ、アイツ」って笑うだけだ。

愛美はどうするかな？　自分を責めたりするかな？　……泣いてくれるかな？

「ねぇ？」

「なんだ？」

「あの世って、どんなところ？」

草を掻き分けて突き進むうちに、すっかり泥だらけになった。とくに、手のひらと足はひどい有様だ。

「あの世か……さぁな」

「は？　さぁなって……？」

「行ったことがない」

あたしは草を掴みながら、眉を寄せる。行ったことないわけねぇだろ。

「幽霊のクセに？　まさか、ずっとこの世をさまよってたとでも言うの？」

自分の話し方にトゲがあることくらい、わかってる。でも、イライラして止められない。

「あぁ」

「……は？　マジで!?　ずーっと、さまよってたの!?　バッカじゃないの！」

強く、真っ直ぐな瞳が、あたしを見つめる。ユキオは無表情で、心がチクチクと痛かった。誰か、この口を塞いでほしい。

あぁ、サイテーだ。これじゃ、ただの八つ当たりだ。

「ちづ」

「……なに?」

「あれ、ほら」

彼は前方を指差した。さっきのあたしの言葉なんて、まるで気にしてないみたい。

それが、余計にムカつくんだよ。あたしは、あたしなんかは相手にもされない。死んだ魚の目に似ているらしいあたしの目は、彼が指し示した先を映す。懐中電灯の光を当て、注意深く見る。

「……石段?」

「あぁ」

石段は長く長く続いている。見上げてみても、先が見えない。懐中電灯で照らしても同じだった。

「行こう。もうすぐだ」

先に歩いていく彼の背中を、あたしはじっと見つめる。多分、悠よりも小さな背中。その背中に触れてみたい。触れられないけど触れてみたい、その感触を確かめてみたい、そう思った。

じわじわと胸の奥が熱くなる。そんなことを思った自分が信じられなかった。信じられなくて、恥ずかしくなる。きっと、頭がおかしいんだ。今日のあたしは、どうかしてるんだ。

「なんか、天国まで続く石段みたい」

自分の気持ちを隠すように口にした言葉に、彼は、

「天国か」

と、息を零すように笑った。

「………」

無意識に口にしてしまった言葉を、ユキオはどう受け取っただろう。今、どんな気持ちで石段を踏みしめているのか、あたしはわからない。緩やかな風が吹いて、葉の揺れる音がしていた。山の中は静かだ。自然が生み出す音だけがしている。

息を切らしながら石段を昇り切って、あたしは懐中電灯の小さな光を頼りにあたりを見渡した。そこには、記憶の片隅に残る神社があった。昔話とかに出てきそうな、古い神社。ただでさえ不気味なのに、夜のせいか一段と不気味だ。

思わず、背筋がゾクッとする。いくら、ばあちゃんのためとはいっても、あたしもよくこんなことしてるよ……。

「ちづー、ちょっとこっちに来てみろよ」

「え?」

暗闇の中でも、ユキオは平然と動き回る。懐中電灯を向けると、神社の左側からあ

たしを呼んでいた。周囲は木々に囲まれているのに、そこだけ開けている。

「なに？」

「見ろよ」

ユキオの視線の先を追いかけて、あたしは固まってしまった。

「……うっわぁ！」

あたしたちが立っている場所から見えたものは、街の夜景だ。眼下に広がる煌めきは、呼吸さえ忘れるほどの美しさ。まるでファンタジーとか、ＳＦの世界みたいだ。

「……スゴい」

知らなかった。あたしが住んでる退屈な街は、こんなにきれいだったのか。大きな工場やスーパーマーケットの明かりは幻想的で、商店街の温かい光はホッと落ち着く。家々のひとつひとつは、空に輝く星みたい。

〝自殺の名所〟なんて言われている橋もライトアップされていて、青白い光の中で美しく輝く。

「疲れただろう？　少し休もう」

「……うん」

まさか、ホラーとかオカルトの臭いがぷんぷんしてる場所で、こんな絶景に出会えるなんて。

「あっ！　お祭り！」

「え？」

「ほら、あそこ！　今日、お祭りやってるの」

あたしが指を差した先は、ひときわ華やかだ。夕焼けのような色をした提灯の明かりが、どこまでも真っ直ぐ続いている。

「えっ？　あれはお墓じゃないか？」

「ちょっと！　変なこと言わないでよ！」

彼は楽しそうに笑う。

「やっぱり怖いのか」と言いながら。

その笑顔に、あたしはまた奇妙な胸の苦しさを覚える。いつまでも見ていたいと思うのに、見ていられない。

「べつに！　怖くないし！」

考えないようにして、リュックサックを広げて、さっき買ったおにぎりを取り出す。

ふと、悠を思い出した。それから愛美を。悠は結局、誰とお祭りに行ったんだろう。サッカー部の人たちかな。愛美は、美季たちと楽しんでるかな。あたしのことなんて、考えないよね。お母さんはパートの夜勤。お父さんは行きつけの居酒屋。

あたしは突然、むなしくなった。リュックサックの中で、潰れてしまった梅干しのおにぎり。それをひと口頬張って、無意味に泣きたくなった。

「ちづ！」

「は!?」

何事かと思った。突然いきなり、彼があたしに迫ってきたのだ。

「な、な、な!!」

地面に押し倒される寸前の状況にパニックになる。

「ちづ！　それ！」

「なにッ!?」

顔が近い！　顔が近い！　顔が近い！　心臓が痛い。息ができない。このままじゃ……。

そのとき、脳裏をよぎったのは、悠と教室でさせられたキスだった。唇が触れたときの生々しい感触。温度。カァッと顔が熱くなる。

「握り飯だよな？　いいなぁ！」

彼は、あたしが手に持っていたおにぎりに熱い視線を送る。頭がついていかなくて、とりあえずうなずくと、彼は本日一番の笑顔を見せた。

「うらやましいなぁ！」

ていうか、あたしひとりでドキドキして……バカじゃん。最悪すぎる……。

「……あげようか？」

　ボソッと呟くと、ユキオは残念そうに頭を抱える。

「食いたいけど、食えないんだ。ダメなんだよ、食い物も」

　……出たよ。〝この世の物はダメなんです〟ルール。あたしはイラッとした。

「あ、そう。じゃ、捨てるしかないね」

「……え？」

「あたし、食べる気なくなったから」

　コイツが見てたのは、あたしじゃない。まさかの、おにぎりだった。それを勝手にカン違いして、バカみたいに慌てて。

「食べる気なくなったって……もったいないだろ!?」

「は？　いやいやいや、幽霊に関係ないじゃん」

　ムカつく。本当ヤダ、うざい。あーうざい!!

「ちづ!!」

「うるさい!!」

　あたしは食べかけのおにぎりを古びたゴミ箱に投げ捨てた。

「……なにやってんだよ」

「は？」

ユキオの顔を見ると、今までに見たことがない顔をしている。すごく怒っていることは、すぐにわかった。でも、あたしには意味がわからない。

なんでキレてんの？　キレたいのは、こっちだっつーの。

「拾え」

「はぁ？」

「今すぐ拾え!!」

ユキオが声を荒げて、あたしは思わずビクッと肩を揺らす。その目は真剣だった。

真っ直ぐ、あたしを見ていた。

「……ッ。わけわかんない！　なんなの!?」

「食い物を粗末にするな」

「うざっ！　バッカじゃないの!?　あーマジでヤダ！　超イライラする！　本当、死んだ方がマシだわ!!」

あたしがそう言い放つと、彼は唖然とする。

「……今、なんて言った？」

「はっ？　あー死んだ方がマシってヤツ？」

あたしは面倒くさくなって言った。

「本当のことだけど。あー死にたい！　死にたい!!　死にたい!!」

初めは売り言葉に買い言葉だった。でも、もうあたしの口は止まらなかった。溜まりに溜まっていた気持ちが抑え切れなくて、溢れ出す。

「あたし、長生きとかしたくないし！　さっさと死にたいんだよねー。生きてんのって面倒いし、ダルいし、疲れるし。意味ないっていうかー！　無駄っていうか!!」

「ちづ！」

彼が怒鳴る。怒りと悲しみが、その表情に溢れていた。

「自分が……なに言ってるか、わかってんのか？」

「面倒くさっ！　死ねよ」

彼は言葉を失ったかのように、あたしを見つめる。苛立ちと腹立たしさでいっぱいのあたしは、彼が幽霊だってことを、また忘れていた……。

「死ねよっ！　あー！　あー！　もうみんな、みんな、死んじゃえ!!　死んじゃえ！」

叫んでいた。ヒステリックな金切り声で、あたしは叫んでいた。彼の視線が痛い。きっと、軽蔑されただろう。

力の限り叫ぶと、もうなにも残ってなかった。あたしは気が抜けて、座り込んで、肩で息をする。

「……なぁ、ちづ」

そんなあたしに降ってきた彼の声は、不思議なくらい優しかった。

「…………」

「温かい飯が食える。きれいな服を着られる。家族がいて……帰る場所がある。それが、どれほど幸せなことだか、わかるか？」

あたしは顔を上げる。彼は穏やかな表情だ。だけど、彼のきれいな瞳は泣いているように見えた。あたしには、彼が言った言葉の意味がよくわからない。

すると、彼は街の夜景を眺めながら、ゆっくりと語り出した。それは、あたしがこの世界に生まれる前。ユキオと――ばあちゃんが懸命に生きた時代の話。

第三章

命〈一〉

【一九四四年五月】

春。雪のように白い花が咲いている。僕は、その美しさに思わず見とれていた。

「明子ー！」

「お兄ちゃん！」

「こんなに遠くまで来て。ここは入ったらいけないって、いつも言ってるだろ」

明子は心配する時男《ときお》兄さんを見て、「ふふふっ」と笑う。

僕は、そんなふたりの様子を木の陰から見ていた。妹の小夜子《さよこ》も一緒に。

家が隣同士だった僕たちは、こんな風に、まるで兄妹のように育った。

「なんだよ」

明子の兄で、僕にとっても兄のような存在の時男兄さんは、不思議そうにそう言った。

「花が咲いてるの！」

「え？」

「見たこともない花でね、きれいなの！　ユキオくんが絵を描いてるの、こっち！」

明子は、さほど興味もなさそうな兄さんの手を引いて、こっちにやってくる。木々の葉は風に揺れていて、僕らは温かい陽射しに包まれていた。

「ほら、見て」

そこにある木々の中で、明子たちが見上げたこの木だけが花を咲かせている。花は白く、まるでその木だけ、季節ハズレの雪が積もっているようだ。葉は楕円形で、僕よりもずっと背の高い、大きな木だった。

「きれいでしょう?」

そう尋ねる明子に、なぜか時男兄さんはひどく驚いている。

「お兄ちゃん……?」

「……この花は……」

その様子は、あきらかに不自然だ。どうしたんだろう、と思った。

木の陰から小夜子と一緒に歩いていくと、明子と目が合う。僕は、描いたばかりの絵を明子に見せた。〝描いてほしい〟と言われたものを。

「わぁ!」

差し出した絵を見て、明子は声を上げる。僕が描いた目の前の美しい木は、明子の目にどう映っているんだろう。そんなことを考えていると、明子は絵を見ながら幸せそうに笑う。

「ユキオくんは、本当に絵が上手！」

僕はなんだか照れくさくなって頭を掻きながら、うつむいた。明子が不思議そうな視線を僕に向けていると、横にいた時男兄さんが乱暴に絵を奪う。

「お兄ちゃん!?」

絵を凝視する顔は怖くて、明子は不安そうに様子をうかがっている。そんな視線に気づいたのだろうか。時男兄さんはハッとしたように顔を上げると、困ったように笑った。

「明子、ユキオ、小夜子ちゃん。この木のことは誰にも言ったらいけないよ」

「どうして?」

明子が言うと、時男兄さんはそっと花を見上げながら言った。

「この木がここにあることを知られたら、この木はきっと、ひどい目に遭わされる」

「え!?」

「だから誰にも言うな?　約束だ」

明子はよくわかっていないようだった。まだ七歳の小夜子には、もっとわからなかったことだろう。でも、僕はなんとなく理解していた。

「この絵も……ユキオ、すまない」

時男兄さんはつらそうに言うと、絵を破ろうとする。

「待って！」

明子が慌てた様子で言った。でも、そう言ったきり黙り込んで、うつむいている。今にも泣き出しそうな顔で。絵なんか、これからもいくらでも描いてやるのにと思いながらも、なんとかしてやりたいと思った。

「明子……」

時男兄さんは明子を諭すように、呟く。それまで黙っていた僕は、そこで口を開いた。

「僕が捨てます。僕が描いたから」

「ユキオくん……」

不安そうに僕を見つめている明子。

「ちゃんと破いて、見つからないように捨てます」

僕は絵を受け取ると、それをぐしゃぐしゃに丸めた。うつむいていた明子を口を結んで見ていた時男兄さんは、仕方ないなぁとでも言うように溜め息を吐く。

「明子、ユキオとふたりで写真撮るか？」

「え！」

「一緒に撮ったことなかっただろう？　どうせなら、この木の前でさ」

「……いいの？」

「その代わり、この木のこと、写真のことも誰にも言わないこと。二度と、ここには来ないこと。約束できるか？」

「うん！」

明子は兄さんに頭を撫でられながら、嬉しそうに笑っていた。時男兄さんは写真館で働いていたけれど、僕たちの写真を撮ってくれたことなど、ほとんどなかったからだ。

そうして、僕たちは、空に向かって花を咲かせた木を挟んで写真を撮った。

小夜子は、ゆらゆらと楽しそうに舞う小さな白い蝶を、夢中で追いかけていたっけ。

明子は十三歳になったばかり、このとき時男兄さんが撮ってくれた写真が、明子とふたりで撮った最初で最後の写真だった。

命〈二〉

その日の晩のこと。

僕と小夜子はいつものように明子の家で遊んでいて、ちょうど帰ろうとしていたときだった。

「母さん、赤紙が届きました」

靴を履いていると、時男兄さんの声がした。その表情は、とても真剣だ。

居間にいる三人、明子と時男兄さん、それから、ふたりの母であるおばさんの間に流れていた空気が凍ったのが、玄関にいた僕にもわかった。おばさんは目を見開いて、唇を小刻みに震わせている。

……赤紙とは、召集令状のことだ。軍隊への召集を命じた令状のことで、みんないずれはこんな日が来ることをわかっていた。

一九四一年から始まった戦争で、働きざかりの男の人は、次々と兵隊に取られていった。僕の父さんも、戦地へ行ったきりだ。そのとき、父さんと〝家を守る〟という約束をしていたから、僕は体が弱い母さんのお手伝いをしたり、妹の面倒を見たりしている。

明子のお父さんは、明子がまだ幼い頃に病気で亡くなっていたから、おばさんは、おじさんが残した薬局をひとりで切り盛りしながら家を守ってきた。逞しく大らかで、いつも気丈なおばさん。でも、このときは、違っていた。

「お国のため、立派に死ぬ覚悟です」

凛々しい声で、ハッキリと言った時男兄さん。すると、響き渡ったのは、バチィーン!!という音だった。怖い顔をしたおばさんが、その頬を殴ったのだ。

「私はっ！　私はねっ!!　戦争なんかで、アンタを死なせるために生んだんじゃないよっ!!」

おばさんはボロボロと涙を零しながら、ものすごい剣幕で言う。明子が慌てて、開きっぱなしの窓をピシャリと閉めた。もしも誰かが聞いていたら非国民、つまり、軍や国の政策に協力しない人だとして非難されてしまうからだ。

「戦争なんかで死なせるために、ここまで大きくしたんじゃない!!」

おばさんは泣きながら、時男兄さんの手をしっかりと握った。

そして、言い聞かせるように、

「生きて帰ってきなさい」

と、何度も何度も言った。

「死んだら、おしまい。おしまいなの！　生きて帰ってきなさいっ!!　……親よりッ、先に死ぬなんて、言うんじゃないよ……」

胸を叩いて、体にしがみついて。三人とも、泣いていた。

……時男兄さんは、父親が早くに亡くなっているせいか、それとも明子と歳が離れているせいなのか、いつも明子の心配ばかりしている。

だから時男兄さんだって、立派に死んでくる、なんて本当は思っていなかったはずだ。目から流れる大粒の涙が、それを物語っているようだった。

「っ明子……っ」

時男兄さんに呼ばれると、堪え切れずに明子もその体にしがみついた。

明子たちは家族三人、身を寄せ合って泣いていた。

「お兄、ちゃ……っ」

僕はそっと小夜子の手を握り、静かに明子の家をあとにした。

そして……。時男兄さんは「万歳！　万歳！」の声に送られて、戦争へ行ってしまった。

見送りのとき、周りの人たちはみんな笑顔だったが、その中で、おばさんだけは違っていた。まるで目に焼きつけるかのように、遠くなっていく背中を見つめている。

眼差しには迫力があり、その姿は異様だった。

「時男……」

ぽつりと、かすれた声で名前を呟いたおばさん。「行くな」と、喉もとまで出かかった言葉を押し殺していたのだろう。

それから――。

僕たちはみんな、時男兄さんが帰ってくる日を、いつも待っていた。しかし、時男兄さんが帰ってくることはなかったんだ。

命〈三〉

【一九四五年七月】

戦争が暗い影を落とす。空襲が頻繁になるにつれ、生活はどんどん厳しくなっていた。

生活必需品はすべて配給制といって、食料などほとんどの物資がひとりひとりに割り当てられて配られていたけれど、量も質も粗末になるばかり。どこの家でも家庭菜園を耕して、食料不足を補おうと必死だった。

明子も女学校に通っていたけれど、もう勉強なんてほとんどできないようだった。学徒動員といって、日本中の学生が法令によって軍需工場などで、国のために働かされていたのだ。作業場の監督は厳しく、のろまな明子はよく怒られるらしい。

「昨日も空襲があったね」

ある日、明子がおはじきをしながら、ぽつりと僕に言った。

「うん」

ここのところ毎晩のように鳴る、空襲警報。

昨夜も、家の電球の周りを黒い布で覆って、明かりが外に漏れないようにして本を読んでいたとき、空襲警報が鳴った。

僕は、母さんと小夜子と慌てて、防空壕といって空襲から身を守るために地面を掘って作った避難所へ向かった。幸いにも、こちらにまで被害はなかったようだが、明日は我が身。不安は、いつも付きまとっていた。

そんな不安な日々の中でも、明子と僕、小夜子は変わらず神社で遊んでいた。僕は絵を描いたり、木に登ったりと、ひとりで遊んでいることが多かったが、おはじきをやるときだけは明子たちに付き合っている。

「お腹すいたなぁ」

小夜子がうつむいて言った。

「キャラメル食べたいなぁ」

僕は、その言葉に胸が痛くなる。小夜子には、戦争をしているということが、いったい、どのくらい理解できているんだろう。みんな、お腹いっぱい食べたいのを一生懸命、我慢していた。

僕は、今履いている白い靴を見つめる。これは、父さんが戦争へ行く前に買ってくれたやつだ。毎日のように履いているせいで、今ではもう、すっかり擦り切れている。

でも、僕は、それをとても大切にしていた。

父さんの顔を思い出し、どうやったら小夜子が喜ぶかを一生懸命考える。

「……僕は、握り飯が食いたい」

落ちていた小枝を使って、地面に絵を描いてみた。

「わぁー、握り飯だぁ！」

小夜子が表情を輝かせると、僕も嬉しくなって笑みが零れる。そんな僕たちを見ていた明子も笑顔だ。一緒に遊んでいると楽しくて、僕たちは時間が経つのも忘れてしまう。いつまでも、こんな日々が続いていくと信じていた。

でも、それは大きな間違いだったんだ。


「明子」

あるとき、神社でふと、ふたりきりになったとき、僕は意を決して口を開いた。

「なに？」

「……疎開するかもしれない」

明子は、ひどく驚いていた。ただ、色鮮やかなおはじきを、ぎゅっと手の中で握り締めている。

「母さんの実家なんだ。準備もできているから、早く来いって」

「……うん」

「母さんはまた、体調がよくないし、小夜子は、まだ小さい……だから」

「……そう」

夏のさわやかな風が吹き渡っている。葉がざわめいて、草も流れるように揺れている。

明子は、なにも言わない。うつむいて黙り込む明子の頭に、そっと触れる。そのまま、ぎこちない動作で明子の頭を撫でる。

「……二度と、会えないわけじゃない」

「本当？」

そう尋ねる明子に、少し考えてから言った。

「宝物を埋めよう！」

「え？」

「いつか、また会えたときに、ふたりで開けるんだ。僕の宝物と明子の宝物を入れて、見つからないように隠しておくんだよ」

「でも……どこに埋めるの？」

僕は、「そうだな……」と呟いてから、再び考えて……。

そのとき、急にブワッと激しい風が吹いた。風の中で、僕はぎゅっと明子の頭に触れた。

そうして、僕たちは、宝物を埋めた。お互いになにを埋めたのかはわからない。開けるときのお楽しみだ。

「また、会えるよね？」

「あぁ」

「約束よ」

「あぁ。でも、明子はのろまだからな、心配だ」

「のろまって言わないで！」

お喋りをしながら、笑った。本当はとても寂しかったけど、笑った。明子も笑顔だった。ふたりとも、不思議と浮かれていた。

「また会えるよね？」

「しつこいなぁ」

「だって！」

夕暮れの帰り道でも、明子が同じことばかり言うから、僕は苦笑する。

「……僕は必ず戻ってくるよ」

と、小さな声でそう言った。けれど、その声は聞こえなかったようだ。

「なんて言ったの？」

僕の顔は熱くなって、照れくさくて、ずんずんとひとりで歩いていった。

「ユキオくん！　どうしたの？」

「なんでもねぇ！」

夕陽で朱色に染まる道で、明子は不思議そうに僕を追いかけてきた。

明日、僕たち家族は、この町を出ていく。

今夜は、この町で過ごす最後の夜。布団の中で、目を閉じる。いつか、明子にまた会えたとき。口にはできないけれど、いつか戦争が終わったら。ふたりで宝物を探すんだ。それを想像すると、今から楽しみだった。そして、その頃にはきっと、今、感じている温かい気持ちの正体もわかるだろう。

明子を見ていると、楽しいのに苦しくて、嬉しいのに切なくなる。僕は、この不思議な気持ちの正体を知りたかったんだ。

そうして、約束の日を夢見ていた。

でも、ふたりが交わした約束は、果たされることのない約束だった……。

命〈四〉

僕と明子の本当の別れは、突然やってきた。

それは、午前二時を過ぎた頃。また、空襲警報が鳴った。

僕はその怪音で目を覚ますと、ぼんやりとした頭に慌てて防空頭巾をかぶる。爆弾などから頭を守る、中に綿を詰めて作った布製の頭巾だ。

「ユキオ！　小夜子！　いつもと違うの！　急いで！」

そして、血相を変えた母さんに急かされながら小夜子を起こして、三人で家を飛び出した。外に出た僕の目に映ったのは、真っ赤な炎の海。逃げまどう人々。

あちこちから黒煙が上がり、空にはB29と呼ばれる、アメリカ軍の大型爆撃機の群れが飛んでいる。ついに、この町にも……焼夷弾という、小型なのに高熱で燃焼し、広い範囲を焼いて破壊する、おそろしい爆弾が落とされたのだ。

手のひらにイヤな汗をかいている僕の手を、もう一方で小夜子の手を取りながら、母がぎゅっと握ってくれた。

僕たちは防空壕まで必死の思いで走った。まるで、悪い夢を見ているような気分。これが現実でなく、本当に夢だったなら、どんなによかったことか。真夜中だというのに、空も、地上も、不気味なほど赤い。〝死〟の恐怖、それをひしひしと感じた。

防空壕に辿りつくと、中にはすでに近所の人たちや明子たちがいた。

「明子！」

「ユキオくん！」

僕と明子は、まだ眠いのか、しきりに目をこする小夜子を真ん中にして、肩を寄せ合った。蒸し風呂状態の防空壕の中に、縮こまって座る。こんなときに父さんや時男兄さんがいてくれたら、どれほど心強いことだろう。

外では凄まじい叫び声と爆撃音が続いている。

本当に……本当に、日本は勝てるのか。いつも新聞やラジオでは「勝った、勝った！」と言うけれど、本当に大丈夫なのか。食べる物も着る物もなく、みんな大変な思いをしている。空襲だって、ほとんど毎晩だ。

そんなことを考えていたときだった。外の音に驚いたのか、おびえた様子で僕の手を握る小夜子。僕がしっかりしなくちゃ。その小さな手を握り返す。

「生きよう、なにがあっても」

僕は呟いた。たとえ、炎に町が焼きつくされようとも、僕たちは生きている。食べる物がなくても、着る物がなくても、生きているだけで十分。そう思えたんだ。

「ぎゃあぁぁ――――！」

突然、外から聞こえた、この世のものとは思えない叫び声。そのすぐあと、近くで大きな爆撃音が鳴り響いた。地面が揺れ、防空壕の中でも悲鳴が上がる。

「防空壕も危険だ！　蒸し焼きになるぞ!!」

男の人の大きな声が外から聞こえ、周囲の人たちが戸惑っている中、僕は誰よりも早く立ちあがった。

「行こう！」

でも、どこへ行けばいいんだろう。考えている余裕なんてなかった。

僕は母さんと小夜子の手を、明子は明子のお母さんと手を繋いで、外へ飛び出した。壕の中の人たちは、「ここにいなさい」、「あぶないよ」と口々に言っている。

なにが正しいのか、どれが正解なのか、わからない。

とにかく防空壕を出て、僕は自分の目を疑った。右を見ても、左を見ても、赤い世界。ぼたん雪くらいの火の粉が降っている。なにもかも、すべてが燃えていた。

猛火から逃げようとする人々で溢れた街、それでも火は激しい勢いで迫ってくる。先を行く僕たちと、うしろにいる明子たち。地面からの熱気も凄まじく、強烈な熱さで、息をするのもやっとだ。

道は人でごった返し、誰もが無我夢中だった。うしろを気にしつつ、僕が走り出そうとしたとき。

――ギュ――!!

異様な音がして、空からなにかが降ってきた。「あっ」と思ったときには、もうどうすることもできなかった。振り返った視界の隅で、明子の体が飛び上がる。その瞬間、僕は母さんと小夜子の手を放してしまった。

目の前にいた人は即死だったのだろう、首から血を噴き出して倒れていく。僕は、ただただ立ち尽くして、呆然とする。

周囲を見渡すと、僕が知る街の景色はもう、どこにもなかった。燃えさかる炎に囲まれて次々と倒れていく人、人、人……。もう男女の区別もつかなくなった死体も、道に転がっている。足がすくんで、一歩も動けなかった。たった一瞬で、奪われた命……。ふと我に返る。

ハッとして、僕は駆け出した。明子……明子は無事だろうか。

「明子っ！　明子っ！」

混乱し、逃げまどう人々の流れと逆流しながら、必死で名前を呼ぶ。

しばらくして、やっと見つけた明子は頭を抱えてうずくまっていた。道に倒れた人たちの体から、だらだらと流れる血が地面を染めていく。

明子は、その光景を呆然と眺めていた。僕は明子の腕を強い力で引っ張る。うずくまっていた明子は顔を上げると、僕を見て目を見開いた。

「明子！　諦めるな!!」

息を切らしながら、僕は大きな声で言った。明子の頭から流れる血を見て、僕は悲しくて、つらくて、なぜ明子がこんな目に遭わなければならないのか腹が立って、悔しくて、胸が張り裂けそうだった。

「今は、これしかないから」

自分の防空頭巾を明子の頭に押し当てる。ごめん……。こんなことしかできなくて、ごめん。僕は心の中で言った。明子は安心したのか、ぼろぼろと泣き出す。

「立てるか？」

「うん」

すべてを飲み込もうとする炎に囲まれながら、僕が差し出した手を、明子はしっかり握った。

「……お母さんたちは？」

その言葉に、僕は首を横に振る。

「わからない。……とにかく行こう。川へ行けば水がある。助かるかもしれない」

明子の手を引いて、走り出した。落ちてくる火の粉を避けながら、人波をくぐりぬけて、ひたすら走る。足が何度も、もつれそうになった。あちらこちら、地面にも火がついている。

僕がしっかりしないと。明子を守らないと。

今は、この手のぬくもりが大きな力となって、僕を突き動かしている。繋いだ手から伝わる命の温かさ。この道の先に、川があるはずだ。あと少し、あと少しというところだった。

「お兄ちゃん」

微かな声が聞こえた気がして、僕はふいに立ち止まる。

「どうしたの？」

明子が不安そうに見上げてきた。ふたりとも、肩で息をしている。

「……今」

「え？」

「今、小夜子の声がした」

そう言って振り返った僕は、明子の肩を掴んで、その目を真っ直ぐ見つめた。

「明子、先に行ってて」

明子を守る。家族を守る。大切な人たちを守りたい。守るんだ、絶対に。そう強く誓った。

「そんな……ヤダ！　いい、一緒に探す！　私も、小夜子ちゃん探す！」

「明子!!」

僕は、明子から少しも目を逸らさない。

「絶対にすぐ行くから。必ず行く」

「でも……」

「宝物を開ける約束だってある」

精一杯、笑った。少しでも明子を不安にさせないように、できるだけ、いつもどおりの笑顔で。

「僕は、約束を破ったりしない。必ず行くから」

繋いだ手を放し、「大丈夫」と言うように僕はもう一度、笑ってみせた。

「先に行ってて、必ず行くから」

力を込めて繰り返すと、明子は心配そうに僕を見て、小さくうなずいた。

明子と別れて、僕は必死で小夜子を探した。名前を呼びながら息を切らして走る。

火の雨が降り、家屋は次々と燃えて崩れていく。B29のエンジン音も、いまだ聞こえていた。

「小夜子ーっ！」

僕は大きな声で叫んだ。すると、遠くから「お兄ちゃん」と僕を呼ぶ小夜子の声が、確かに聞こえた。

僕は走る。小夜子の声が近づいている！

「小夜子ーっ！」

「お兄ちゃあ…」

その声を頼りにさらに走ると、地面に座り込んで、泣きじゃくる小夜子がいた。

「大丈夫か!?」

駆け寄って、小夜子を抱きかかえる。

「もう大丈夫だ！　兄ちゃんがいるから！」

小夜子を抱えて、僕は走った。とにかく、ひたすら走り続ける。明子がいる川を目指して。変わり果てた町の景色が流れていく。苦しかった。無意識に涙が零れた。

生きたい、生きたい、……生きたい！　心の底からそう思った。

そして、やっと辿りついた川を目にした僕は、自分の目を疑った。思わず、言葉を失う。川は、燃える街を映して赤く染まっていた。それでも、熱さと喉の渇きに耐えかねた人たちが川へ飛び込んでいく。まるで血の川、地獄のようだった。

僕の瞳から、また涙が零れる。戦争の意味も、苦しさやつらさも、よくわかっていなかった。食べる物がなくても、着る物がなくても、毎晩の空襲も、父さんや時男兄さんの出征も、お国のためなら仕方がないと、どこかで思っていた。

僕はバカだった。本当に本当にバカだった。

「明子……」

会いたかった。

明子に会いたい。

会いたい。

そのとき、頭上で、ものすごい音がした。周囲から悲鳴が上がる。僕は見上げる間もないまま、咄嗟に小夜子を強く抱き締めた。

……そこで、耳を切り裂くような爆音を聞いたのが最後。僕の記憶の、最後だった。

命〈五〉

気がつくと、僕はぼんやりと焼け跡の中に立ち尽くしていた。小夜子はいない。僕の横には明子がいて、僕と同じように立ち尽くしていた。明子の頭からの出血はいつの間にか止まっていて、その手には血で赤く染まった、僕の防空頭巾がある。それをぎゅっと抱き締めて、明子は泣き続けていた。

よかった、無事だったのか。心から、そう思った。

すっかり姿を変えてしまった街。あたり一面、茶色の世界。焼け野原になってしまった街は、遠くまで見渡すことができた。たった一夜にして、なにもかもを焼きつくした炎。その変わり果てた姿に、呆然として言葉も出なかった。

いつの間にか夜が明け、日が昇っていた。明子はのろのろと歩いていく。疲れ切ったその背中に、僕はフラフラとついていった。

「明子!」

「お母さん!」

避難所で再会できたおばさんに、明子は駆け寄る。おばさんは涙を流しながら、「よかった、よかった」と何度も言った。

　ここへ辿りつくまでに、残酷な光景をたくさん見た。黒焦げになって重なり合った死体の山。道の真ん中にあった、手足がバラバラになった死体。防空壕にびっしりと詰まった死体を前にして、大声で泣いている人も……。

　恐らく、蒸し焼きになってしまったのだろう。惨い、そんな言葉では片付けられないほど、ひどい光景だった。

「お母さん、ユキオくんは？　小夜子ちゃんは？」

「……わからないの」

　おばさんの話によると、僕のお母さんは無事だったらしい。

　僕は、その話を、不思議な気持ちで聞いていた。おばさんは、小夜子も僕も行方不明だなんて言う。僕は、ここにいるのに。

「ユキオくんのお母さん、ユキオくんたちを探しに行ってるの」

　おばさんが続けた。

「お母さん、私も探す」

　……それから、明子たちは僕と小夜子を探し続けていた。

　やがて、僕らの家があった場所へと向かい出す。でも、家はなかった。明子の家は、薬局ごと、跡形もなく焼けていた。隣の僕の家も、なかった。焦げ臭いにおいが残る焼け跡の中に、溶けたガラスのようなものが転がっている。

明子は泣いた。おばさんも泣いていた。ふたりとも、心も体も、疲れ切っているようだった。


翌日からは、死体の回収をしている様子をよく目にするようになった。回収しているのは、兵隊のようだ。死体をトラックの荷台に積み上げていくのを、明子は必死に目をこらして見つめていた。

その頃になると、僕も薄々気づきはじめていた。僕の姿は誰にも見えていないようだし、僕の声も聞こえていない。もしかして……僕は、もう……。でも、認めたくなかった。


その日も、死体の片付けをしているトラックを見つけて、明子とおばさん、そして僕の母さんが、じっと見つめていた。

すると、突然母さんが、

「あ……」

と、呟いた。

母さんは、目を見開いたまま微動だにしない。

僕は視線の先を目で追った。トラックの荷台に、こちらに顔を向けている死体がある。肌は焼け爛れて茶色くなり、腕はだらりと垂れ下っている。

初めは、わからなかった。でも、目をこらして、よく見てみると、それが僕自身だとわかる。

……息を呑んだ。あまりのショックに、なにも考えられない。なにも言葉が見つからない。

「ユキオ――ッ!!！」

そのとき、明子の横で母さんが叫んだ。母さんは、トラックに駆け寄っていく。

「ユキオ……ユキオ……」

まるで、うわごとのように繰り返しながら、僕の死体の顔や肩や腕に触れる。そして、小刻みに震える体で、すがりつくように僕の死体に覆いかぶさる。

「なんで……こんなことに……」

おばさんが、涙を流しながら言った。

明子はふらふらとした足取りで、僕の死体に近づいていく。服が焼け、焦げ臭いだけではない、ひどいニオイがしていた。そんな僕の死体の指先に、明子はそっと触れた。

僕は……泣きたくなった。僕は、みんなに、こんなに愛されていたのか。母さん、親孝行のひとつもできなくてごめん。明子、約束を守れなくてごめん。ごめん。『必ず行く』と言ったのに。約束したのに。

明子の頬を、涙が伝っていった。

「ユキオ——!! ユキオ——!! あぁぁぁーああ——!! いやあぁぁ——っ!! ユキオ——!」

母さんが地面に崩れ落ちた。

……僕は死んでしまった。

自分の死を知って、ようやく僕は自分の気持ちを知った。明子が好きだった、と。大好きだった、と。

明子は、ぺたりと地面にへたり込んでしまった。膝をついてうつむいたその瞳から、また、涙がひと雫落ちていった。

「どうして、ユキオくんが死ななければならないの! ユキオくんが戦争をしていたわけじゃないのに!」

泣き叫ぶ明子は砂を掴んで、それから地面を叩く。声を押し殺して泣き続ける明子の肩を抱き締める、おばさん。それでも、明子は地面を叩いていた。

「明子っ……明子!」

「戦争なんか……戦争なんかっ！　戦争なんか、やめたらいい!!　日本が負けたって、かまわない！　なんで……なんで、ユキオくんが……なんで……。うっ……はぁっ……あぁぁぁ……」

「明子っ……明子……」

おばさんが明子を抱き締める。

戦争が、すべてを奪った。僕たちが大切にしていたものを。大切に思っていた人たちを。

戦争が、なにもかも奪ったんだ。

命〈六〉

【一九四五年八月】

僕の死体が見つかってから、ほどなくして、小夜子も見つかった。小夜子は、幸いにも一命を取り留めていた。瀕死の重傷を負って、病院にいたのだ。右腕を失ってしまっていたけれど……。

僕と小夜子は、同じ場所に倒れていたらしい。小夜子を守るようにして覆いかぶさっていた僕には、すでに息がなかった。でも、僕の体の下で、小夜子は微かな呼吸を繰り返していたんだ……。

それから間もなくして、明子は亡くなったお父さんの兄を頼って、おばさんとふたりで街を出た。僕の母さんに別れの挨拶もできぬまま、小夜子と再会することもできぬまま、慌ただしく出ていく様子を、僕は見つめていた。

——そして、あの日。青い夏空の広がる暑い日だった。

一九四五年八月十五日、正午。

玉音放送が流れた。玉音放送は天皇陛下の声によるラジオ放送で、日本がポツダム宣言を受け入れ、無条件降伏を決定したという内容だ。

居候させてもらっている親戚の家では、明子が首を傾げていた。明子の隣にいたおばさんは、深い溜め息を吐く。親戚のざわめきや、すすり泣く声も聞こえていた。

「戦争が終わったのよ」

「え?」

「……負けたの」

明子は、唖然としていた。

外では、うるさいくらいにセミが鳴いている。

明子は、空を見上げた。青い空には、雄大な入道雲が浮かんでいる。その青を、明子は睨みつけていた。

戦争は、終わった。

でも、僕は死んでしまった。家も、小夜子の右腕も、もとどおりにはならない。あの空襲の夜に死んでいったたくさんの命も、二度と戻ってこない。

僕も、他の人たちも、生きようとしていた。ただ、生きようとしていただけだ。なのに、どうして……。なぜ、死ななければならなかったのか。悔しくて、悲しくて、たまらなかった。

明子が、ひっそりと静かに泣いている。僕は明子の隣に立ち、ただじっと青い空を見上げていた。

それから――。

戦後は、戦中より苦しい生活が待っていた。食料難で、配給されたものだけでは足りなかったのだ。

明子とおばさんは農村へ買い出しに行ったり、闇米を買いに行ったりしていた。親戚の家で暮らすことになったものの、自分たちが歓迎されていないことはハッキリとわかっていたから。

でも、他に行く所なんてなかったのだ。耐えるしかなかった。「戦争は、もうたくさん……」と、誰もが思っていたことだろう。

やがて、戦地から帰ってきた人たちも少しずつ加わって、焼け野原になった街は復興していった。でも、腕や足をなくした男の人も多くいた。

そして……戦地へ行っていた時男兄さんは、紙切れ一枚になって戻ってきた。戦死を知らせる、たった一枚の紙となって。

おばさんは、それからずいぶんと経ってから、

「あのとき、どんなことをしてでも止めていたら……」

と、泣き出しそうな顔をして、明子に言っていた。

一方、明子は、よく悪夢を見てはうなされていた。戦争が心に残した傷は、想像以上に深く、大きなものだった。


その後——。

明子とおばさんは、慣れ親しんだ町へ戻った。食べていくことで精一杯の厳しい暮らしだったが、灯火管制がなくなり、夜は明るくなった。空襲におびえることも、なくなったのだ。

それから何年かが過ぎ、明子は大人になり、働いて、結婚した。五人の子供たちにも恵まれて、子供たちはみんな元気に育って、みんな結婚して家を出ていった。

僕はずっと、明子を見ていた。僕の分まで生きて、生き抜いてほしい。時男兄さんの分まで。命は宝物、だから僕たちの分まで生きて、一日一日を大切にしてほしい。そう願っていた。そして、幸せになってほしいと……。

きっと、明子の人生は、とても幸せな人生だったと思う。苦しかったことも、つら

かったことも、過ぎてしまえば、さらさらと流れる砂のような思い出に変わっていく。

明子はときどき、ひとりきりになった家の中で、ぼんやりとしていることがある。

たとえば、いつかの夕暮れのような朱色に染まった空を見上げていて。

たとえば、頭の毛が薄くなるにつれて見え出した傷痕に触れていて。

たとえば、たった一枚の、僕たちの古い写真を眺めていて。

明子は、あの頃を懐かしんでいるのかもしれない。

僕も……ずっと昔の記憶を、まるで昨日のことのように覚えている。僕たちが懸命に生きた、生きようとした、あの日。一九四五年、夏。

僕たちは、確かに生きていた――。

第四章

夜空に花が咲く。山から見る花火は見上げる必要なんてなくて、光の束が散っていく光景を、あたしは間近に感じた。

「〝死ね〟なんて簡単に言うな。〝死にたい〟なんて簡単に言うなよ」

そう言って、ユキオは悔しそうに泣いた。泣きながら、怒っていた。

あたしも、泣いていた。

……生きていることを、初めて愛おしいと思った。

〝死ね〟とか〝死にたい〟とか、あたしはいつも軽々しく口にしていた。その言葉の重さも知らずに、まるで口グセみたいになっていた。

怒られて、当然だと思った。ばあちゃんにも合わせる顔がない。あたし、サイテーだ……。

「……ゴメン」

ばあちゃんのことだって、全然わかってなかった。知ろうともしなかった。

戦争とか、あたしには関係ないって思ってた。教科書に出てきても、ちゃんと聞いてたことなんかない。どうでもいいって思ってた。

った。

「……ゴメン……」

今、当たり前にあるものは、当たり前だって思ってた。感謝なんか、したことなかった。

「あたし……」

「もういいよ」

ユキオは、涙を拭いながら笑う。

「わかったから、ちづの気持ちは。もう謝るな」

それから照れくさそうに、

「泣くなんて、男らしくねぇよなぁ」

と、顔を背けてしまった。

「もう懲り懲りだ。あんなことを繰り返したら、人間は今度こそ、おしまいだ」

そう、呟く。

あたしは食べる物に困ったことも、着る物に困ったこともない。住む家に困ったことも大好きな人が亡くなったこともない。ただ、毎日退屈で、うまくいかないことばっかりで、いつもイライラしてて……それだけ。イヤがらせとか、人間関係とか……

本当それだけだ。

お父さんも、お母さんもいて。ひとりぼっちだなんて思うけど、本当はそうでもなくて。あたしには、ばあちゃんもいた。

教室には悠がいて、うざいと思うこともあるけど、結局いつも味方でいてくれる。

あたしは、それを自分で勝手に遠ざけて、見ないようにしてたんだ……。

——ドドンッ！　ドドンッ！　ドッ！　ドッ！

そのとき、いくつもの花火が連続して上がった。

「花火の音を聞くと、空襲を思い出すよ」

ユキオが言って、あたしはその横顔を見つめた。

すると、ふっとあたしに笑いかける。

「なんてな」

「……笑えないよ」

目を逸らすと、ユキオはとても穏やかな声で、「そうか」と言う。

「なぁ、ちづ。当たり前に明日があるなんて思うなよ」

彼の言葉、ひとつひとつに重みを感じる。

「死んだら天国に行けるとか、そんなこと、本当は誰にもわからない。きっと、生きてりゃいいことばかりじゃないんだろうけど、僕はそれでも生きたかった。イヤなことも、悲しいことも受け入れて、生きていたかった」

胸に突き刺さる、彼の気持ち。あたしの心が、痛い、痛いって叫んでた。

「僕は後悔だらけだ。でも、後悔しても遅いことがある。ちづにはそんな思い、してほしくない。生きろよ、なにがあっても」

あたしは黙ってうなずいた。彼はそれを見て、小さな笑みを零す。その顔を、花火が照らしていた。

「それに、ちづの命は、ちづだけのもんじゃない」

「え？」

首を傾げるあたし。

彼は楽しそうに言った。

「生まれた日を覚えてるか？」

生まれた日……？

「ちづが生まれたのは、十四年前の五月二十日。真夜中だった。生まれた頃にはもう、外は明るくなってたな。ずっとそわそわしてた、ちづの父さんも、へとへとになってちづを産んだ恵も、ちづの顔を見たとたんに泣いたんだよ」

「え？」

「ちづが生まれてきてくれて、本当に嬉しかったんだ。あれは、幸せな涙だった。ちづの産声にも負けないくらい、ふたりとも泣いて喜んだんだ。明子も駆けつけて、大騒ぎだった」

彼の話を聞きながら、あたしは目を閉じた。瞼の裏に、お父さんとお母さんの顔が浮かんだ。

「〝鶴のように長生きし、たくさん幸せがめぐりますように〟、そう願いを込めて、〝千鶴〟と、ふたりが決めたんだ」

あぁ……また泣いてしまう。もう、無理だった……。

「名前には、生まれてきた命への願いがあると思う。〝千鶴〟って名前には、きっと、たくさんの愛が詰まってるんじゃないか？」

初めて知る、お父さんとお母さんの思い。こんなにも、温かい。そうか、あたし、今ならわかるよ。ユキオの話を聞いた今なら。……その言葉の意味が。

あたしの命は、あたしだけのものじゃない。ばあちゃんが精一杯生き抜いて、お母さんが生まれて、お母さんがあたしを生んでくれたから、あたしがいる。

あたしの周りは、こんなにも愛で溢れてた。生きて、生き抜いて、繋がった命。あたしだけのものじゃない。〝死ぬ〟なんて、あたしが決めていいことじゃなかったんだ。

涙が溢れた。止まらなかった。お父さんとお母さんに、会いたくなった。

「でも……どうして？　どうして、そんなことまで知ってるの？」

涙でぼやける彼の顔。あたしが生まれた日のことなんて、どうして？　そのとき、彼の瞳が揺れた気がした。

なにも読み取れないその表情を見つめていたあたしは、あることに気づいてハッとする。

「まさか……ずっと、ばあちゃんのそばにいたの？」

『ずーっと、さまよってたの!?』

さっき、イライラしてたあたしがバカにして言ったとき、彼はなにも答えなかった。あのときは気づかなかったけど、まさか……。

あたしの問い掛けに、彼はなにも言わない。ただ、寂しそうに笑っただけ。

でも、それで十分だった。彼は、どんな気持ちで見ていたんだろう。大人になっていく、ばあちゃんを。じいちゃんと結婚した、ばあちゃんを。お母さんになった、ばあちゃんを。歳を重ねて、〝ばあちゃん〟になっていった、ばあちゃんを。どんな気持ちで……。

それを思ったら、胸が張り裂けそうになった。あたしには、きっと理解できないくらい、切なかったはずだ。いっぱい、後悔したはずだ。うらやましいと思うことだって、あったかもしれない。

でも、それでも彼はずっとばあちゃんのそばにいて、ばあちゃんを見ていた。ただ、ばあちゃんに寄り添っているために。

……胸が、苦しかった。苦しくて、苦しくて、なんであたしがこんなに苦しいのかわからなかったけど、苦しくて。

あたしの悩みなんて、ユキオやばあちゃんの思いに比べたら大したことじゃないって思った。自分がどれだけ恵まれてるのかって、改めて気づかされる。

もうずっと泣きっぱなしのあたしの涙腺は、完全に崩壊してた。しゃくり上げるあたしの横で、彼が笑う。

「いつから、そんなに泣き虫になったんだ？」

「ひっ……ふ……うるさい」

文句を言ったのに、彼はクスリと微笑して、

「でも、ありがとう」

と、言う。

〝ありがとう〟なんて言葉、あたしは久しぶりに聞いた気がした。

「……つらくなかった？」

「僕は、幸せだったよ。あの家で、恵やちづが大きくなっていくのを見ていると、僕まで幸せな気持ちになった。ちづが生まれたときも、本当に嬉しかった」

懐かしそうにそう言って、打ち上がる花火を眺めている。ユキオは、ばあちゃんのことが好きだったんだ。ばあちゃんも、彼のことが好きだった。でも……ふたりが結ばれることはなかった。

彼とばあちゃんを思うと、あたしまで胸が痛い。そして同時に、切なさや悲しみが溢れてくる。

彼の瞳には、今も昔も、これからも、ばあちゃんしか映らない。

「……あたし、絶対見つけるから！　宝物、見つけてみせるから！」

あたしは涙を拭いながら言った。どこかでテキトーに考えてた自分を、捨てる。本気で、頑張るから。

「ありがとう」

彼が笑う、そのたびに、あたしの心は泣きたくなる。もう、わかっていた。自分の気持ちを知ってしまう、こんなタイミングで。

そのとき、ふと思った。

「ユキオの……名前は？　『ユキオ』ってどういう字？」

「〝幸せに生きる〟」

「っ……」

〝幸せに生きる〟……。

〝幸せに生きる〟と書いて、〝幸生〟。その名前を、あたしはゆっくりと心の中で噛み締める。その名前に込められた思い、願い。切なすぎる。

――幸生。

その響きが、じんわりと心に染みてきて、また涙が零れた。

彼はそれを見てまた、

「ちづは泣き虫だ」

と、言って笑う。

その笑顔はキラキラしていて、目が離せなくなる。あたしは、幸生が好きなのだと、実感した。

「……いい名前だね」

代々、初めて恋に落ちた人とは、結ばれない運命なのかもしれない。あたしは、まるで他人事みたいに、そんなことを思った。

本当の気持ち

……見つからなかった。

あれからひと晩中、幸生の曖昧な記憶を頼りに、タイムカプセルを探した。とにかく手当たり次第だ。地味な作業のクセに、足腰が痛くなって、空っぽの穴を見つめては溜め息を吐く。そんなことの、繰り返し。

幸生は、ときどきそんなあたしに声を掛ける。

「大丈夫か？」

と、不安げな顔をして。

穴を掘っては埋めて、掘っては埋めて。泥だらけになるまで頑張ったけど、結局、なにも見つからなかった。

まぁ、そんなに簡単に見つかるわけないか。なにかヒントでもあればなぁ……。

あたしはめちゃくちゃに疲れてたけど、不思議とイヤな気分じゃない。そうして、夜が明ける頃になると、幸生はまた消えていった。太陽が沈んだら、すぐに会える。わかっているのに、寂しかった。

朝の空気は澄んでいて、清々しいと思うくらいだ。泣きすぎたせいで目が痛いけど、それもなんだか愛しい。生まれ変わったみたいだ、と思う。こんなに、穏やかな朝があるなんて。

空の色。陽の光。鳥のさえずり。緑の葉っぱ。

昨日までの自分が嘘みたいだ。

あたしはなんだかおかしくなって、笑い出す。ハミングなんかしてみたりして。

生きてるってことを楽しんでみようと思う。ううん、楽しんでみたい。

団地の近くの公園まで来ると、その公園の中をウロウロしている悠を見つけた。こんな朝っぱらからなにやってんだろ、と、呑気に思っていたら、目が合うなり、怖い顔でこちらに突進してくる。

「ちづっ！」

「なに!?」

あたしの肩を掴んで、悠は大きな声を上げた。

「どこ行ってたんだ!?　このバカ！」

「バカって！　なんなの!?　いったい！」

いつものように言い返してやるけど、悠の目があまりにも真剣だったから、あたしは口をつぐむ。すると、悠も少し冷静になったのか、力が抜けたような溜め息を吐いた。なんだか疲れてるように見える。

「……なんかあったの？」

悠は頭を掻きながら、

「お前だ、お前」

と、零す。

「は？」

「探してたんだよ、ずっと。ちづがいなくなったって聞いたから」

ぽつりぽつりと悠は話しはじめた。

「ちづのお父さんが帰ったら、ちづがいないって。夜中になっても帰らないから、俺んとこにも訪ねてきてさ」

嘘……。いつもみたいに、お酒飲んで帰ってくるもんだとばかり思ってた……。

「みんなで探してたんだよ。ちづのお母さんも、さっき仕事から帰ってきて探してる」

「大騒ぎになってたり……？」

「……まぁな」

あー……ヤバい……。うなだれるあたしに悠は言った。

「どこ行ってたんだよ？」

「あー……いろいろあって……べつに、家出とかじゃないから！」

慌てて言うと、悠はあたしをまじまじと見つめて、

「じゃあ、遭難？」

なんて言いやがる。上から下まで泥だらけの状態だからそう思ったのか、冗談のつもりなのかはわからない。悠は真面目な顔をしてそういうことを言うから、判断できないのだ。

「じゃなくて、宝探し」

「へっ？」

「……いや、なんでもない」

あたしは首を横に振って、それから思い出したように言った。

「……あ、つーかさ。……心配かけてゴメン。探してくれて……ありがとう」

「…………」

悠は驚いた様子で、あたしを見つめたまま固まってしまった。

「……なに？」

「あっ……いや……」

「なんだよ？」

「……ちづが素直だから、びっくりして……」

なんだ、それ。

でも、確かに、「ゴメン」も「ありがとう」も、口にしたら、むずがゆかった。あまりの言い慣れなさに、自分でも失笑してしまいそうになる。

「なんか変なもんでも食ったのか？　急にどうした？」

なんだと……。軽くムカついた。なんて失礼なヤツだ、このヤロー……。

「べつにっ！　そう思ったから言っただけ！」

急に恥ずかしくなってきて、逃げるようにスタスタと歩き出すと、悠がそれを呼び止める。

「ちづ、ちょっと待て！」

「なにー？」

「……アイツもさ」

「え？」

アイツ？

「アイツも、ちづのこと探してんだよ」

そのとき、うしろに人の気配を感じた。悠も、あたしとほとんど同時に気づいて、そちらに目を向ける。

そして、もう一度、

「コイツだよ」

と、言った。

そこにいたのは……愛美だった。気まずそうに、困ったような顔をして立っている。

「……愛美」

どうして、愛美が……？

あたしの疑問を察したかのように、悠が口を開く。

「ちづがいなくなったって聞いて、もしかしたら、愛美のところにいるかも、と思って、俺、行ったんだ。そしたら、自分も探すって」

「えっ!?」

マヌケな声が飛び出してしまう。そのくらい、あたしにとっては予想外だったのだ。

「……ちづがいなくなったのは自分のせいだって、思ったらしい」

悠が、ぼそっと言った。

お祭りの前のことを気にしてたの？

あたしには、愛美の本心が見えない。愛美は服の裾をぎゅっと握って、下を向いていた。居心地の悪い沈黙が、あたしたち三人を包む。

そのうち、しびれを切らしたらしい悠が口を開いた。

「言いたいことあるなら言えって」

それが、あたしに向けられたものなのか、愛美に向けられたものなのかはわからなかった。愛美はそれでも、うつむいたままだ。

いつまでも三人そろって立ち尽くしているのもどうかと思い、あたしは勇気を出して言った。

「……探してくれたの？」

コクン、と愛美はうなずく。

「……そっか。ありがとう」

すると、愛美は初めて顔を上げた。その顔は驚いていて、信じられないとでも言いたげだ。

「あーっと……べつに、愛美のせいじゃないから。ちょっと用事っていうか……あっ！　家出とかでもないし！　あたしがなにも言わずにフラフラしてたのが悪いだけで……だから……愛美のせいじゃないよ」

なぜか言い訳っぽい、しかも、どうしてか愛美をかばうような言い方。それは、自分でも不思議だった。

「……なんで？」

黙っていた愛美が口を開く。その、たったひと言だったけど。

あたしがきょとんとしていると、愛美はさらに続けた。

「私、ちづに、いっぱいひどいことした。私、美季が怖くて、なにもできなかった。いつも悪いのは自分じゃないって思って……なのに、なんでお礼なんか言うの!?」

愛美の顔はどんどん歪んでいって、しまいには泣き出してしまう。

「美季にキラわれたら、私、生きていけないって思った！　ちづみたいになりたくないって思った！　私は自分を守る方を選んだの！　だから、お礼なんか言わないでよ!!」

あたしは、そのとき初めて気がついた。

あぁ、そうか。あたしと愛美は同じだって。

「……じゃあ、なんで探してくれたの？」

そう尋ねると、愛美は手で目を覆った。泣くときの愛美のクセだ。

「ちづが……いなくなっちゃうような気がした……」

「え？」

「ちづ、あのとき……泣いてた。私が……私がひどいこと言ったから……ふ……ふぇ……怖かった。……ちづが、もうどっか……消えちゃうかも、しれないって……ヒック……怖かった」

愛美が嗚咽を漏らす。感情が高ぶっているせいか、声が大きくなっていった。

「愛美……」

やっと、愛美の本音が聞けた気がした。

「調子よすぎないか？」

あたしの横にいた悠が冷たく言った。真顔で、真っ直ぐ愛美を見ている。そして、その表情を硬くして、ハッキリと言った。

「まるで、許してくれって言ってるみたいだ」

愛美はそれを聞くと、あたしたちに背を向けて、逃げるみたいに走り出した。止まらない嗚咽を漏らしながら。そのうしろ姿を見ていたあたし。

でも次の瞬間、考えるより先に体が動いていた。

「愛美！」

愛美がピタリと立ち止まる。

「許すとか、許さないとか、あたしはもういいよ！　だって、きっと……あたしも愛美の立場だったら、同じだったと思うから！」

愛美の肩が上下に揺れている。しゃくり上げる声も聞こえる。

「あたし、悲しかったし、つらかった！　でも、もういいやって！　だって……」

愛美は、あたしの言葉を待たずに走り出してしまった。

あたしたちは多分、スゴく不器用だ。そして、スゴく臆病だ。自分が傷つきたくないから人を傷つける。それが、間違ったことだとわかっていても。

愛美の立場になっていたら、きっとあたしも、愛美を裏切っていた。きっと流されてた。友情だとか親友だとか思ってはいながら、でも目に見えない〝それ〟を信じる勇気を、立ち向かう勇気を、あたしたちは持っていなかったんだ。

もういいや。もういいや、って思う。だって……あたしたちは生きてるから。生きてるかぎり、また笑い合える日は来ると思うんだ。


「ちづ、絶対なんかあっただろ?」

「なんもないって」

そのまま一緒に戻ってきた団地の薄暗い階段の途中で、悠はしつこいくらいに聞いてくる。

「だって、おかしいだろ? 急に素直になったり……さっきだって、もっとキレるだろ? フツー」

「なんもない、なんもない」

それでも訝しがる悠の視線が痛くて、あたしはさっさと階段を駆け上がる。

「ただいまー」

玄関の扉を開けて……次の瞬間、頬に鈍い痛みを感じた。同時に、バチッ!という音が響く。階段の下で、悠がギョッとしているのを、あたしは視界の片隅で見た。

一瞬、なにが起こったのかわからなかったけど、あたしの目の前には、お母さんが涙目で立っていた。それで、お母さんに叩かれたんだと理解する。

「お母さ……」

「どこ行ってたの!?　どれだけ心配したと思ってんの!?　こんな泥だらけで……ケガしてない!?」

言いながら、お母さんはあたしを抱き締めた。抱き締められて、そのお母さんのぬくもりに、目頭が熱くなる。小さい頃、悠とふたりで神社へ行って迷子になった日を思い出した。

「お母さん……ごめんなさい……」

あたしを抱き締める腕の力が強くなる。

あたしは、このぬくもりを、ちゃんと覚えてる。それに、匂い。お母さんの匂いだ。懐かしくて、温かい。

あたしの頬を、涙が流れた。

推理

出勤前のお父さんにもこっぴどく叱られて、あたしはさすがにへコんでいる。そして、反省しながらリビングのテーブルについている……。あたしを探すのを手伝ってくれたお礼に、とお母さんが言って、悠も一緒に朝食を食べていた。

食べ終わると、それを待っていたようにお母さんが言った。

「ちづ、どこに行ってたの？」

お母さんは真剣だった。あたしのことを本当に心配しているのがわかる。

以前のあたしなら、〝うざい〟とか〝クソババァ〟とか言って逃げてただろう。面倒くさいって言いながら。関係ないじゃんって言いながら。多分、向き合おうともしなかった。

でも、それじゃダメだ。あたしは、もう知ってしまったから。家族の大切さを。それに、あたしに大切なことをたくさん教えてくれた幸生のためにも、正直でいたい。

そして、幸生のために、ばあちゃんのために、今できることを全力でやりたい。だって、あたしはふたりが大好きだから。

お母さんを真っ直ぐに見て……あたしはゆっくりと、だけど正直に話した。もちろん、幽霊である幸生のことは言えないけど……。ばあちゃんの大切なタイムカプセルを探していること、だから神社へ行ったこと、そして、あたしの決意を。それと、ばあちゃんにタイムカプセルを見せてあげたい、という気持ち。

お母さん、それから悠も、黙ってあたしの話を聞いていた。

「見つかるかはわかんないけど、探したいの！」

最後にそう言うと、お母さんは少し考えてから言った。

「ちづの気持ちはわかった。でも、どうして夜じゃないといけないの？」

うっ……確かに……。どうしよう……幸生は、夜の間しか見えない。でも、それを言ったら、幸生のことを話さなきゃいけなくなる……。

「あのね……いろいろ事情があって……でも、どうしても夜じゃないといけないの！お母さん！　あたし、今はまだ全部をちゃんと話せる自信がない。でも！　いつか、必ず話すから！」

あたしは、お母さんに頭を下げた。

「お願いします！」

お母さんも悠も、口を開かない。

誰も見ていないテレビは朝のニュースを伝えている。抑揚のないアナウンサーの声が、やけに部屋に響いていた。

そして、お母さんの口から溜め息が漏れる。

「ちづ、お母さんが心配してるのわかる？」

あたしはうなずく。

「なにも、やましいことはないのね？　ばあちゃんにも私にも、胸を張れるのね？」

もう一度、うなずく。

「……今回はちゃんと話してくれたから、これ以上もう聞かない。お母さん、ちづを信じるわ」

「お母さん！」

「でも、お母さんだけじゃない！　お父さんも、ばあちゃんも、ちづを心配してること、ちゃんと頭に入れておきなさい」

あたしは、強く強くうなずく。

「お母さん……ありがとう」

それを聞いて、お母さんは微笑んだ。

そのとき、突然、悠が立ち上がって言った。

「あの！　俺も探すの手伝います！　俺がちづについていきます！」

すると、お母さんは、

「本当？　おばさんも仕事があるからついていけないし、助かるわ」

と、瞳を輝かせる。「悠くんが一緒なら安心ね」なんてことまで言う始末。

おいおいおいおいおい……。

「ちづ、悠くんに迷惑掛けちゃダメよ？」

「……はぁい」

まさか……悠がついてくるなんて言い出すとは……。本当に保護者みたいだな……。

そんなことを思ってるあたしの横で、ふたりは勝手に話を進めてるし……。

「悠くん、ありがとう」

「いえ……探すなら、人は多い方がいいだろうし」

「そうね。男の子は力持ちだし、悠くんは頼りになるしね」

それを聞きながら、あたしは小さな溜め息を吐く。

「ちづ、だいたい、どのあたりに埋まってるかわからないの？」

「ん？」

「神社だって広いでしょう、闇雲に探したってダメよ」

お母さんが言ってることは、もっともだ。神社の土をくまなく掘っていたんじゃ埒が明かない。

「でも、神社に埋めたかもしれないってことだけしか、わからなくて……」

「なんか他に心当たりとかないの？」

そう言われて、あたしはばあちゃんから聞いた話や幸生の話をもう一度、思い出してみる。

「……確か……誰にも見つからない場所……」

あたしが呟くと、お母さんは、

「それなら、確かに神社ってことだけは、間違いないかもね」

と言う。

「どうして、そう言えるの？」

「だって、あの神社には誰も近寄らないでしょ？　お姫様の呪いがあるとか、神社の奥だって神隠しの森があるとかって古い言い伝えがあるじゃない。誰も近づかないってことは、誰にも見つからない」

お母さんは得意げに言った。

……そういえば、そうだ。あのホラーでオカルトな要素盛りだくさんの神社なら、誰も近づかない。ということは、やっぱり神社で合ってるのかな？　あぁ、だとしても、範囲が広すぎるのは変わらない。

「タイムカプセルってさ、普通なんかこう……目印を作ったり、目印がある所に埋めないかな……」

そうぽつりと言った悠に、視線を向けた。

「まぁ、俺だったらそうするなって話」

悠は、ほんの少し笑う。

目印か……。考え込むあたしに、お母さんが思い詰めた様子で口を開く。

「ちづ、ばあちゃんに見せたいなら、急いだ方がいい」

「え？」

「……ばあちゃんね、もういつどうなってても、おかしくないの」

そのひと言で、あたしの頭の中は真っ白になった。

別れは突然に

「……誰？」

　きょとんとしながら聞いてくる幸生。

「……保護者かな」

　あたしは、気まずく思いながら、呟いた。

　そして、〝保護者〟と表現された当の本人は、

「ちづ？　なに、ひとりで喋ってんだよ」

　と、不思議そうにあたしを見ている。

　夕焼けの中、ふたりして神社の方にやってきた。タイムカプセル探しに付き添うことになった悠には、当然、幸生の姿は見えない。

　太陽が沈み、あたりがだんだん薄紫色に染まる展望台。幸生は、珍しいものでも見るみたいに悠をまじまじと見つめている。どんどん詰め寄っていって、なんだか怪しいほどの至近距離になっていた。でも、悠にはそれが見えていないから平然としているのだ。

「……どうかしたの？」

あたしの質問にも答えず、幸生は悠をガン見したまま動かない。

あたしが困惑していると急に、

「へぇー、そうか」

と言って笑った。

気がすんだんだろうか。あとはもう何事もなかったみたいに、さっさと神社へ続く細い道に向かっていく。

「ちょっと待ってよ！」

追いかけようとしたあたしを、悠が止める。

「待て！　お前さっきから、なに言ってんだ？」

「ひとり言だから気にしないで！」

「ひとり言って……」

悠の顔が徐々に青ざめていく。

「ちづ……まさか……」

「なに？」

「な、なんか……見えてんのか？」

見えてる。思い切り見えてるけど、言えるわけがない。

「……なぁ、やっぱ、この山ヤバいんじゃ……」

「なに？　怖いの？」

「あっ⁉　なわけねぇだろ！」

悠はそう言って笑い出すものの、目は全然笑ってない。悠も結構ビビリなんだよなぁ、とあたしは思う。

「じゃあ、早く行くよ！」

「あっ！　ちょ、ちょっと待て！　置いてくなよ！」

あたしは構うことなく、草むらの中に飛び込んでいった。

悠には悪いけど、急がないと。朝のお母さんの話があたしを急かす。もう、時間がない。なんとか幸生とばあちゃんの思いを叶えてあげたい。たったひとつの約束を、今度こそ。

あっという間に真っ暗になった山の中で、あたしは懐中電灯の光を幸生の背に向ける。険しい道だっていうのに、幸生の足取りは軽い。それが幽霊だからなのか、もともとそうだったのかは、わからない。

あたしは息を弾ませながら、なんとか幸生のペースについていった。もう怖いなんて言ってられない。あの怖い話への恐怖心も薄くなっていた。

でも、あたしのうしろで悠はゼェゼェ息を切らしながら、きょろきょろとあたりを見回している。

「悠、遅い。サッカー部のクセに」

「っうるせぇな！　……ちづこそ、ガキの頃みたいに迷子になるなよ！」

「ならない、ならない」

昼間は暑いけど、日が落ちた山の中は涼しい気がする。

「ちづ……少しゆっくり……」

「えー」

「ちょっと休ませろよ、マジで」

まったく、悠は昔からヘタレなんだから。

「しょうがないなぁ」

あたしは立ち止まり、前を歩いていた幸生に懐中電灯を向けた。

「ねぇ、少し休んで……あれ？」

幸生がいない。さっきまでそこにいたはずなのに。

そう思って懐中電灯をチラチラと動かすと、木に背を預けてうずくまる幸生の姿があった。肩は上下に揺れ、うつむいている。

「幸生!?」

駆け寄ると、幸生は額や首に汗を浮かべて、苦しそうにしていた。ついさっきまで、なんでもなかったのに……。

「ねぇ、大丈夫!?」

はぁはぁ、という呼吸を繰り返しながら幸生はうなずく。だけど、あたしには全然、大丈夫そうに見えない。

どうしよう……どうしよう……。怖くて、不安でたまらなかった。

「ねぇ！　今日はもうやめよう！　戻ろう！」

そう言って、あたしはしゃがみ込む。だけど、幸生は首を横に振った。

「でも」

言いかけたあたしの腕を掴もうとした幸生の手。だが、掴めるわけもなく、あたしの腕を通り抜けていった。

ズキン、と痛みを覚える心。あたしと幸生は別の世界にいる、触れることさえ許されない。……そんなの、わかってることなのに。

「大、丈夫……だから、続けよう」

幸生はかすれた声でそう言った。

「でも！　大丈夫そうに見えないもん！　無理しなくても……」

「……頼むよ」

ドキッとした。幸生の目は、真っ直ぐだ。真っ直ぐすぎて、息が詰まる。

「頼むよ、ちづ。……少し休めば……大丈夫だから……頼む」

頭を下げる幸生に、あたしはもうなにも言えなかった。悠が薄気味悪そうな顔であたしを見つめているけど、あたしは気づかないフリをした。

それから、神社までの道を歩き続けたけれど、あたしは気が気じゃなかった。幸生は平気そうな顔をしているものの、ときどき息が荒くなったり、フラついたりしてたから。それに、なんだか焦っているようにも見えた。

必死に神社を目指す幸生には、鬼気迫るものがある。額に汗がにじんでも、歯を食いしばりながら、それでも幸生は立ち止まらなかった。

やがて石段が見えてきて、長く続くそれを昇り切ると、神社がその姿を現す。

「うわ……」

悠は、あまりの不気味さに声を上げる。

さっきまでは天高く伸びた木々が空を隠していたけれど、ここは開けているから夜空がよく見渡せた。小さな小さな星が点々と輝く鈍色の空に、ボートのような形をした欠けた月が光っている。

「目印みたいなもんは、ねぇなぁ……」

悠が周囲を見回しながら言った。

今にも壊れそうな神社と鳥居。そして、神社の向こうは〝神隠しの森〟。あたしたちは緑の葉をつけた木々にぐるりと囲まれている。

「……とりあえず、探そう」

「あぁ。よし、頑張るか！」

あたしと悠は、シャベルを手に散らばった。

ふと、幸生に視線を移すと、膝に手をついて呼吸を整えているところだった。あんなに苦しそうにしながらも、幸生は諦めようとしない。

この夏、あたしは一番近くで幸生を見てきた。純粋で、真っ直ぐで、熱くて。笑うときも、泣くときも、怒るときも本気で、人間くさい幽霊で。ガラス玉みたいな目をしてて。あたしに命の大切さを、生きる意味を、明日があるってことの幸せを教えてくれた。幸生に出会えてよかった。あたしも、絶対に諦めないよ。

あたしと悠は、土を掘り続けた。ある程度まで掘って、なにもなければまた土を戻して……その作業の繰り返し。


もう、何時間経っただろう。体はへとへとで、あたしたちを支えているのは気力だけだった。

「ちづー！　なんかあったぁ!!」

「え！　マジで!?」

思わず幸生を見ると、ホッとしたように微笑んでいた。あたしは幸生にひとつうなずいてから、鳥居の前あたりを掘っていた悠のもとへ駆け寄る。

あたしたちは協力して、そこを集中的に掘りはじめた。手応えがあったのなんて初めてだ。腕はパンパンで、足腰も痛い。どうか、見つかってほしい。

しばらくすると、

「ストップ！」

と、悠が大きな声を出した。

そのままシャベルを置いて、手で掘りはじめる。すると、なにかが見えてきた。

あたしは懐中電灯の光を当てる。緊張した空気が漂う中、悠が土を払い、そのなにかに触れた。

「……どう？」

期待に胸を躍らせて聞くと、悠はぼそっと言った。

「……ダメだ」

「え？」

「石だ、コレ」

肩を落とす悠に、あたしも溜め息を漏らす。いったい、神社のどこに埋めたんだろう……。

「ねぇ、なんか思い出さない？」

あたしたちに背を向けている幸生に言ってみるが、幸生は身動きひとつしない。あたしの視線の先を追いかけてビビッている悠はとりあえず放っておくとして、もう一度言ってみる。

「ねぇってば、今はアンタの記憶だけが頼りなの」

幸生は相変わらず動かない。そのうち、体がふらふらと横に揺れはじめた。

「幸生？」

様子がおかしい。近づこうと一歩踏み出したところで、幸生はずるりと地面に崩れ落ちた。

「幸生!?」

あたしは息を呑んだ。倒れた幸生はひどい汗をかいていて、虫の息だった。目も、今にも閉じてしまいそう。それに、幸生の体が……透明になりかけている。

「っどうして!?　まだ……まだ、夜が明けてないのに！」

あたしの声に驚いて、悠が飛んでくる。透き通った幸生の体を前にして、あたしはパニックになっていた。

「幸生!?　幸生っ！」

触れようとしても、触れられない。

「ねぇ!?　どうしたのっ!?　なんで！」

幸生は途切れ途切れの細い声で言った。

「……明子に……そのときが来る……」

〝そのとき〟。

……ばあちゃんが、死ぬってこと……？

「僕も……もう……」

「嘘でしょ!?　ねぇヤダ！　待ってよっ!!」

あたし、まだタイムカプセル見つけてないじゃん！　まだ、まだなにもできてないよ！　待ってよ、待って、まだ行かないでっ!!

「ちづ……ありがとう……」

そう呟いて、幸生が微笑む。涙が零れた。雫は幸生の体を通り抜けて、地面に落下していく。

「やめ……あ、ありがとう、なんて言わないでよ！　そんな最後みたいな……ヤダッ!!」

触れたくて、触れたくて、それでも触れられないあたしの手は、空を切る。幸生が消えていく。見えなくなってしまう。抱き締めることもできないまま。

「待って！　待って!!　タイムカプセルはっ!?　宝物ッ……約束したんでしょっ!?　諦めんな！　バカ!!」

泣きながら叫んだ声は夜空に吸い込まれていく。

すると、幸生の口が微かに動いた。

「……なに……なに!? 幸生！」

涙でかすむ視界の中、必死で唇を見つめ、言葉を聞き取る。その唇が動きを止めた瞬間、音もなく幸生の体が弾けた。

幸生の体は細かい粒子となり、散っていく。それは、星の輝きに似ていた。

「幸生……やぁ……あ……」

こんな急に……こんな……。あたし、なにも……なにも言えなかった。なにも、できなかった。もう、会えない。

そう思ったとたん、あたしの中から濁流のように感情が溢れ出した。

「幸生———っ!!」

うずくまり泣き崩れて、幸生が倒れた場所に触れるけれど、なんの温度もなかった。温かさも、冷たさもない。なにもない。

いや、違う。

違う、違う。

あの、焦げ臭いにおい。

残ってる。

残ってる。
残ってる。
幸生が確かにここにいた、証だった。

夏に降る雪

幸生がいた場所を眺めたまま、呆然としていた。力なく座り込んだあたしの頬を、絶え間なく涙が伝う。

タイムカプセルは見つからない。間に合わない。幸生は消えてしまった。多分、ばあちゃんも、もうすぐ……。あたしは、〝ありがとう〟も〝さよなら〟も言えなかった。

もう……なんだ、これ……。キツいよ……キツい……。

「ちづ……」

あたしのうしろにいた悠は、なにをするでもなく、ただそこに立っている。

「もう……無理だ……」

「え？」

「ばあちゃんが……死んじゃうよ……」

「……」

「あたし……見つけられなかった……。約束……叶えてあげられなかった」

最悪だ。最低だ。泣きながら、幸生を思った。ばあちゃんを思った。あたしは……無力だ。

「……諦めんのかよ」

真剣な表情をして、悠は強い口調で言った。その言葉が、胸に突き刺さる。

「……だって……もう……」

「諦めんなって言ったちづが、諦めんのかよ！」

でも……どうしろっていうの……？

「俺にはなにが起こってんのか、さっぱりわかんねぇよ！　わかんねぇけど、中途ハンパなまま、諦めんなよ」

「……悠……」

「最後の最後まで、どうなるかなんてわかんねぇだろ！　ちづ、もう逃げるな。こんなとこで逃げるな。自分の足で立て！」

「……！」

いつだったか、幸生も同じことを言ったのを思い出す。自分の足で立て、と。

あたしは涙を拭う。逃げちゃダメだ。もう、逃げちゃダメだ。自分の足で立ち上がり、あたしは顔を上げた。そして、口を開く。

「雪が、降ってる……」

「え？」

「〝雪が降ってる〟って、どういう意味だろう」

幸生が消えてしまう寸前に、最後に残した言葉。〝雪が降ってる〟と、あのとき幸生は、確かに言った。

「タイムカプセルを埋めた場所に、関係があるのかもしれない」

それを聞いて、悠は考えながら口を開く。

「でも、雪って言ったって、今は夏だろ」

『雪が降ってる……』

確かに、今は夏だ。もちろん、今、雪なんて降ってない。この季節に雪が降るなんて、普通は考えられない。

じゃあ、幸生はいったい、なにを見てそんなことを……？

——なにを見て……？

「ちづ、なんか見落としてることがあるんじゃないか？　もう一度、よく思い出してみろよ」

あたしは、あたりをゆっくりと見回す。

見落としてること……。

雪が降ってる……。夏は降らない、雪が。

あたしが見落としてること。幸生が見たもの。季節ハズレの……。

ハッとした。思わず目を見開いて、動けなくなる。

「そうだ……そうだよ！」

忘れていたものを思い出した。神社に気を取られてばかりで忘れてた！　始まりはあれだったのに！　あのとき、幸生が話していた、あの木……。

慌ててリュックサックを開けて、探す。

「ちづ！　なんかわかったのか？」

「これ！　この写真!!」

幸生とばあちゃんが一緒に撮った、たった一枚の写真。あたしはそれを悠に見せる。

「悠！　この木、なんの木だかわかる!?」

幸生とばあちゃんの間で、柔らかそうな白い花を咲かせている木。

「この花！　雪が積もったみたいに咲くんだって！　ねぇ!?　わからない!?」

お願い……もう頼りは悠だけ……お願い……。写真をじっと見つめていた悠が口を開いた。

「これ……ハナミズキじゃないか？」

「……ハナミズキ？」

「多分。俺のばあちゃんちの庭に、同じ花が咲く木があったから」

ハナミズキ……。じゃあ、この場所……この木を探せば！　タイムカプセルが、見つかるかもしれない。

「……なぁ、ちづ。この写真、ずいぶん古い写真みたいだけど、いつの写真？」

悠が、写真を見つめたまま言った。

「撮ったのは戦時中って聞いたけど……」

悠はなにかを考えているようだった。真面目な顔をしたまま、なにも言わない。

「どうかしたの？」

「いや……あのさ……」

ゆっくりと、悠は話しはじめた。

「昔、ばあちゃんに聞いたことがあるんだけど、太平洋戦争より前に、日本がアメリカに桜を贈ったことがあったらしいんだ。で、ハナミズキはそのお礼に、アメリカから贈られたものらしいんだ」

「うん……」

「でも、戦争中、ハナミズキは敵国からの贈り物として冷たく扱われていた。この写真に写ってるのは、そのときの原木だと思う」

どういうこと……？

あたしには、悠の言おうとしていることが、よくわからなかった。

「けど、この町にハナミズキの原木があったなんて話、聞いたことがないし、もしかしたら、もう残ってないってこともある」

「そんな……」

やっと手掛かりが見つかったのに……。

肩を落とすあたしに、悠が真剣な表情で言った。

「でも、もし残っているとしたら人目につかない、誰にも見つからない場所だ」

「え？」

「こんなに堂々と写真撮ってるくらいだしな。この町で、今も昔も誰も寄りつかない場所があるとしたら……」

誰にも見つからない場所……。今も昔も、誰も寄りつかない場所……。ハナミズキが残っているとしたら……。……見落としてること……。

そのとき、ハッとした。点と点が線で繋がる。こんなことって……！

「森だ……」

「え？」

「〝神隠しの森〟だよ！」

悠にそう言って、あたしは駆け出した。

「おいっ！　ちづ!!」

〝自殺の名所〟の橋があって、険しい山道があって、姫の呪いの神社があって……その奥の〝神隠しの森〟。誰にも見つからない！　今も昔も、誰も寄りつかない！　絶対、そこしかない。

神社の裏へ回り、あたしは鬱蒼とした森へ飛び込んだ。

そこは、もう道なんて呼べるものはない。生い茂る草木に行く手を阻まれながらも、とにかく前へ進んだ。懐中電灯の光と月明かりを頼りに。

日本から桜を贈り、アメリカからハナミズキが贈られた。それは、〝平和の象徴〟と言ってもいいのかもしれない。そして……戦争が終わったら、幸生とばあちゃんは再会してタイムカプセルを開けるはずだった。その場所に……ハナミズキ。

心が痛い。痛くて痛くて、もう、言葉にしようがなかった。切なすぎる。悲しすぎる。胸の奥から、熱いものが込み上げてくる。

息を切らしながら、幸生とばあちゃんの、〝約束の場所〟を探す。必ず見つけてみせる。強く強く、そう思った。

そのとき、追いかけてきた悠に腕を掴まれた。

「ちづ！　待てって！」

「悠も探してっ！」

「……ッ……ハナミズキの花が咲くのは、四月から五月だ。もう花は咲いてない。俺たちの周りにはこんなに木があるのに、どうやって探す？」

悔しそうに、悠はうつむいた。

「……じゃあ、諦めろって言うの⁉　ここまで来たのに！　最後までわかんないって、逃げるなって言ったの、悠じゃんっ‼」

　わかってる。無謀なこと言ってるのは。この場所に、いったいどれだけの木があるだろう。まして、あたしには、一本一本の区別なんかつかない。この中からハナミズキを探し出すことは、闇雲に穴を掘ってタイムカプセルを探すのと同じくらい、途方もないことだ。

　でも……。

「あたし……もう、諦めたくないよ。逃げたくない！」

　学校から逃げて、美季たちから逃げて、お父さんやお母さん、悠にも背を向けて。愛美を憎んで、〝死〟に憧れて、〝現実〟から逃げ続けた。

　でも、逃げても逃げても、どこへも行けなかったよ。いつも、隣にいてくれた悠。お父さんとお母さんの思い。愛美の本当の気持ち。あたしが変われば、世界が変わった。いろいろなものに、気づけた。向き合う勇気、信じる勇気、大切に育てていきたい。

　――そのときだった。

　急に、強い風が吹いた。草木が揺れ、葉が音を立てた。激しい勢いに、あたしたちは立っているだけで精一杯。吹き荒れる強風の中でうっすらと目を開けて、あたしは自分の目を疑った。

だって……雪が降ってる。

「……嘘でしょ……」

風が緩やかになり、あたしは舞い落ちる雪を手のひらで受け止めた。

「……違う」

雪じゃない。それは、白い花びらだった。

「ちづ！　あれ！」

悠が指した先に目を向ける。

地面に、点々と白い花びらが落ちていた。真っ直ぐに続く白線は、まるで道案内でもしているみたい。

「……幸生だ」

幸生が教えてくれている、そう思った。あたしは走る。そのあとに、悠も続いた。

消えてしまった幸生は、今もまだ、あたしのそばにいるの？　ううん、ばあちゃんのそばにいるのかもしれない。

でも、そんなこと、もうどっちでもよかった。草木を避けるようにして描かれた白線を追いかけながら、あたしは頭の片隅で、〝奇跡〟について考えていた。

あたしと幸生の出会いは、奇跡だった。あたしの目に幸生の姿が映ったことも、奇跡。大変な時代にひっそりと花を咲かせていたハナミズキも、ハナミズキが誰も近づかない場所にあったことも、奇跡だ。たくさんの奇跡が、いくつも重なった……。

そして、あたしは目の前の光景に言葉を失う。

これも、奇跡だ……。

白線が途切れた先に、花を咲かせた木があった。月光に照らされた白い花は、本当に雪が積もっているように見える。

「花が……咲いてる」

悠が驚いた様子で呟く。

季節ハズレの雪が降る。季節ハズレの花が咲いている。

涙が溢れた。もう、止めることなんてできない。六十年以上前に、幸生とばあちゃんも、この場所で同じ花を見ていたんだ。大きな感動が、あたしを優しく包み込む。

咲き誇る花は、信じられないくらい、きれいだ。どれだけ時が流れても、咲いている。変わらないものが、ここにある。

溢れる涙を拭うことも忘れて、立ち尽くした。

ひらりひらりと舞う花びらの行方を目で追うと、花びらはある一ヶ所に集中して落ちていく。それは……ハナミズキの下。そこだけ、雪が降り積もっているようだった。

あたしは悠と顔を見合わせる。言葉にしなくても、あたしたちは同じことを思っていたはずだ。

あの場所に、きっと――。

時を超えた約束

　悠が花びらを払い、あたしたちはその場所を掘った。ふたりとも、喋らなかった。ただ夢中になって、黙々と掘り進める。頭上で風に揺れる白い花が、そんなあたしたちを見ていた。

　あたしは、いつまでもぐずぐずと泣いていた。拭っても拭っても涙は止まらなくて、目に映るものがぼやけている。

「俺さ」

　悠が手を動かしながら口を開く。

　その悠も、やっぱりぼやけていた。

「ちづに、憧れてたんだ」

「……え？」

　クスリと笑って、ハナミズキを見上げる悠をあたしは見つめた。憧れる？　あたしに？　なぜ？　そう思った。だって、あたしは悠に〝うざい〟とか〝キモい〟とか、たくさんひどいことを言ってたんだから。

「昔は俺、顔も名前も女みたいだってイジメられてただろ？　あの頃、俺をかばってケンカまでしてくれたの、ちづだけだった。正義の味方だったんだよ、ちづは」

「正義の味方って……」

言いすぎだ。あたしは、そんな大したもんじゃない。

「でも、自分が情けなくて、恥ずかしかった。カッコ悪いなってさ。だから、あの頃からだよ。ちづに頼ってもらえるようになろうって思ったのは」

「そんなこと、考えてたの？」

「勉強が苦手なちづに勉強教えてやれるように頭よくなろう、とか。ちづより背高くなって強くなろう、とか。ちづより速く走れるようになろう、金魚すくいで負けねぇようにしよう、とか」

驚いた。あたしが悠にイライラしてたところは、全部あたしのためにやってくれてたことだったの……？

じっと悠を見つめると、その視線に気づいた悠は、また手を動かしはじめる。それが照れ隠しだと、今のあたしにはわかった。顔が熱くなるのがわかる。

「まぁ、なんつーか、昔の借りがあるからさ。ひとりで我慢して耐えるんじゃなくて……もっと頼れよ」

ぶっきらぼうな言い方で、悠が言う。それが、なんだかおかしかった。あたしには、こんなに近くに味方がいたんだね。

突然、悠が「あっ！」と呟く。同時に、シャベルを動かす手が止まった。なにかに当たった感触があったようだ。

あたしたちはシャベルを脇に置き、手で掘りはじめる。爪の間に土が入っても気にならなかった。掘り進めていくと、さびた缶の角らしき部分が見えた。

「あった……」

胸が高鳴る。やっと見つけた。見つけられた。手で土を掻き出しながら、あたしの心は嬉しさでいっぱいになった。もう少しだ、もう少し……。

徐々に姿を現す四角い缶。それは、もともとの色が何色だったのかもわからなかった。茶色く変色していて、カビも生えている。触れてみると、濡れていた。

タイムカプセルは、想像してたよりも大きな長方形の缶だった。家にあるお煎餅が入ってる缶を、もっと大きくした感じだ。

その土を払いながら、そっと持ちあげる。恐る恐る、慎重に。お世辞にも立派とか、頑丈とはいえない。

「あっ！」

あたしは、思わず声を上げた。缶の底に穴が開いている。

「保存状態がよくないかもしれないな」

悠が呟く。

冷静な悠と違って、あたしはまだ信じられない気持ちでいた。

本当にあった。本当に……タイムカプセルがあった。ここに、幸生とばあちゃんの思い出が詰まってるんだ。ふたりの青春が、ふたりが生きたあの夏が、今ここにある。

「開けるよ」

あたしは緊張しながら手を伸ばした。

あっけないほど簡単に開いてしまうフタ。悠が言うように、中身の状態はよくないかもしれない。不安を覚えながら、その中を覗いた。

「……え？」

……中に入っていたのは、たったふたつだった。布製の小さな巾着と、細長い、透明なガラスの瓶。ワインボトルくらいの大きさで、ちょうど肩のあたりが無残に割れていた。

あたしは、まず巾着を手に取る。巾着も黒ずんでいて、もとの色がわからず、やっぱり濡れていた。おまけに、箱以上にカビだらけだ。

なにが入ってるんだろう。そっと振ってみると、中からザラザラという音がする。

巾着を開けて、中身を広げる。……あたしは、これは、ばあちゃんが入れた宝物だろうと思った。

ばあちゃん、見つけたよ。ちゃんと、見つけたよ。震える手で、その冷たい感触を確かめる。

「……おはじき」

悠が呟いて、あたしはうなずく。水面に絵の具で色を浮かべたような模様のおはじきが、たくさん入っていた。

『おはじきでよく遊んだ』、その言葉が蘇る。

それがばあちゃんの大切な大切な宝物。幸生がいて、小夜子ちゃんもいて、当たり前に遊んだ日常が、宝物だったんだ。家族がいるということ、当たり前の日常は当たり前じゃないってこと。時を超えて、あたしに教えてくれた。

ばあちゃん、ありがとう。涙が止まらないよ。

おはじきはきれいなまま残っていたのもあったけれど、半分はひび割れていた。

「ちづ、泣きすぎ」

「え？」

「顔ぐちゃぐちゃ」

「っうるさいなぁ！」

だって、仕方ないじゃん。涙が止まらないんだから。

顔を上げると、言い出した悠も涙ぐんでいる。

「……自分だって！」

「泣いてねぇよっ！」

そう言って、悠は横を向いてしまった。

あたしはもうひとつの、ガラスの瓶に手を伸ばした。中に、紙が入っている。そっと取り出すと、紙はビショビショに濡れて、黄ばんでいた。

「破るなよ、慎重に」

悠に言われてうなずきながら、あたしは注意深く紙を広げる。でも、なにも書かれていなかった。

ただの紙なのか、とも思ったけれど、よくよく目を凝らしてみると、なにかが描かれている。

薄い。本当に薄い線たちをじっと見つめていて、あたしはようやく気がついた。

「……ハナミズキ」

幸生の話を思い出す。幸生が、ばあちゃんのために描いたというハナミズキの絵。きっとそうだ。破いて捨てたりなんかしなかったんだ。あの日、渡せなかった絵を、再会してばあちゃんに渡すつもりだったのかな。幸生の気持ち、ばあちゃんを思っていた、真っ直ぐな気持ちがこの絵から伝わってくる。

目を閉じると、浮かんでくる。幸生の笑顔。あたしが、幸生と過ごした日々。

「幸生……」

あぁ、もうヤダ……。

大粒の涙が零れ落ちる。あたしは絵をぎゅっと抱き締めた。

……時を超えて、幸生に出会った。時を超えたふたりの約束が、あたしにたくさんのことを教えてくれた。命、生きること、明日があるという幸せに気づかせてくれて、ありがとう。いくつもの奇跡を見て、思った。

あたし、生まれてきて、本当に幸せだよ。


「ちづ、ばあちゃんのとこ、行けよ」

顔を上げると、悠は晴れやかな表情で笑っていた。

「ここは俺に任せて行ってこい！」

「……っ悠、ありがとう」

あたしは、おはじきを入れた巾着とハナミズキの絵を抱えて走り出した。森の中を抜けて神社へ、険しい山道を一気に下っていく。息が切れて、心臓がどうにかなってしまいそうだ。

気持ちは焦るのに、体は思うように動いてくれない。草木も枝葉を広げて、あたしの邪魔をする。

もたつく自分の足が憎らしい。何度となく転がりそうになって、ついには本当に転んだ。派手に倒れ込んで、痛みに顔を歪める。目線の先には、ボロボロのハナミズキの絵。それを掴み、ぐっと唇を噛みしめて起き上がると、肘に血が滲んでいた。

あたしはまた、駆け出す。何度転んだとしても、立ち止まるつもりはなかった。

あたしは、もう逃げない。目の前にある、この一瞬と向き合って生きていく。つらいこともあるだろう。悲しいこともあるだろう。死にたくなるようなことだってあるかもしれない。

でも、あたしはそれでも。

全力で。

全開で。

この世界を生きてやる！

山道から遊歩道に出て、あたしは道路に出た。車はほとんど通らない。空が明るくなってきて、夜が明けようとしている。

急がないと。泣きっぱなしのあたしの目から、涙がうしろに飛んでいく。

もっと、速く。

もっと速く。

もっと速く。

まだ……まだ、朝にならないで！　神様、幸生とばあちゃんを連れていかないで!!

ふたりの約束を今度こそっ！

紫色の空に、あたしは願い続けた。風を切って、懸命に走った。

病院に辿りついた頃には、もう雲の間から光が射していた。朝の光に包まれた、病院の長い廊下を駆け抜ける。あたしの足はもうふらふらで、体中が悲鳴を上げていた。

病院は静かで、あたしの足音が響いている。瞳に映る世界は鮮明で、それでいて朝靄がかかっているような気もした。呼吸が乱れて、心臓が激しく動いている。生きてるってことを、全身で実感する。

ばあちゃんの病室の前まで来て、勢いよく扉を開けた。すると、病室の中の視線があたしに集中する。お医者さん、看護師さん、お母さんの姉である伯母さんたち。そして、あたしのお母さん、お父さん。

「ちづ！」

お母さんが叫ぶ。

「つばあちゃんは!?」

喉が熱くて息苦しくて、うまく声が出せない。

「夜中に急変して……」

あたしは、ばあちゃんを見た。白髪の頭、痩せ衰えた体、深く刻まれたシワ。目の回りは黒くなり、肌の色は黄色い。血色がよかったばあちゃんの頬、唇も、真っ白だった。

「ばあちゃん！」

あたしは駆け寄って手を握った。

温かい。生きている。眠り続けながらも、ばあちゃんは生きている。

でも、ばあちゃんを取り囲むみんなは難しい顔をしていた。

みんな、わかってたんだ。この張り詰めた空気の中で、あたしにもわかった。ばあちゃんは、もう……死ぬ。

——幸生。

まだ、ここにいる？　今から約束、伝えるからね？

あたしは心で問い掛けた。幸生は返事をしてくれないけれど、きっとそばにいるんだろう。

「……ばあちゃん、これ覚えてる？」

あたしは巾着をばあちゃんに見せる。目を閉じているばあちゃんには見えないけど、それでも見せるように持った。

「ばあちゃんの宝物、ここにあるよ」

おはじきをいくつか取り出して、ばあちゃんの手に握らせた。その上から、あたしはばあちゃんの手を握る。

「ちゃんと、ここにあるよ」

お母さんが泣き出した。肩を震わせて、うつむいている。

あたしは、ハナミズキの絵を広げた。

「ばあちゃん、幸生だよ。幸生が埋めた、宝物だよ。きっと……きっとばあちゃんに……渡したかったんじゃないかな……」

あたしもまた、涙が溢れる。

「見せ、見せたかったんじゃないかな。ばあちゃん、あのね……ハナ……ミズキね、ちゃんとあったよ……。雪……雪みたいに咲くんだよ。幸生は……幸生はね、時間かかったけど、ばあちゃんとの約束、守ったよ！」

ばあちゃん……ばあちゃん……。

きゅっと握られたままの、ばあちゃんの手を見つめる。シワシワの手。ばあちゃんの手。その手をそっと、両手で包んだ。

「ばあちゃ……あたし、いっぱい……いっぱい、いろんなこと教えてもらったよ」

一緒に駄菓子屋に行くときに繋いだ手。十円玉を飲み込んだあたしを病院までおぶってくれた手。だし巻き卵やポテトサラダを作ってくれた手。いつも、あたしを抱き締めてくれた手。愛してくれた手。

「ばあちゃん……あたし……あたし……生まれてきてよかった。よかったよぉ……。だから、だから……ばあちゃ……ばあちゃん、生まれてきてくれてありがとう」

ありがとう。

ありがとう。

ありがとう。

ありがとう。

何十回でも、何百回でも、何千回でも。

ばあちゃん、ありがとう——。


ふわり、と風が吹いた。窓が開いているわけでもないのに、頬に優しい風を感じた。

あたしは顔を上げる。

……幸生の声が、聞こえた気がした。なにを言っていたのかわからないくらい、囁くような、小さな小さな声だった。

そのとき、握っていたばあちゃんの手が動いた。指が、ピクリと動いたのだ。

「ばあちゃんっ！　ばあちゃんっ!?」

慌てて呼び掛けるけれど、なんの反応もない。あたしは手を放し、ばあちゃんの顔がちゃんと見えるように身を乗り出した。

「ばあちゃん!!」

ばあちゃんの頬が、微かに動く。

お母さんが、

「お母さん！」

と、ばあちゃんに向かって言った。みんな、固唾を呑んで見守っている。

ばあちゃんは、あたしたちの呼び掛けに答えるように、目を閉じたまま、穏やかに微笑んだ。

「ばあちゃんっ！」

奇跡だ。奇跡だと思った。

でも。

あたしが放したばあちゃんの手から、おはじきが床に落ちた。それらは弾けるように音を立てて落下する。

――ピ――――――……。

そして、終わりを告げるかのような機械音が病室に鳴り響いた。

その瞬間、頭が真っ白になる。

「……ばあ……ちゃ……」

お医者さんが、ばあちゃんに触れる。

あたしは電池が切れたオモチャみたいに立ち尽くしていた。呆然と眺めていると、お医者さんが首を横に振った。

「お母さん……」

そう呟いて涙を流すお母さん。お父さんも、伯母さんたちも泣いていた。あたしの頭に、心に、空白が広がっていく。

あたしは泣かなかった。ずっと、ずっと泣き続けて涙が枯れてしまったのか。それとも、まだこの現実を受け入れられないのか、自分でもわからない。あたしは、ばあちゃんの亡骸を見つめている。

うつむくと、ひび割れたおはじきが散らばっているのが見えた。

第五章

青い空

八月の、夏の真っ青な空が広がる。蒸し暑い日。セミが鳴いている。

黒い服に身を包んだあたしは、棺の中にそっと、ばあちゃんの宝物たちを忍ばせた。

ばあちゃんは、とても優しい顔をしていた。始めは、目を覚まして、いつもみたいに「ふふふっ」って笑ってくれるんじゃないか、なんて思った。

でも、時間が経つにつれて、ばあちゃんの体は固く冷たくなっていった。動くことも、話すことも、笑うこともない。ばあちゃんの体は抜け殻になってしまった。そして、その体も今、燃え尽きようとしている。

あたしは、青く澄んだ空に白い煙が上っていく様子を見上げていた。白煙は空の青さに溶け出すみたいに消えていった。ひとつひとつ、ばあちゃんが失われていく。

「ちづ、ありがとう」

あたしの横でお母さんが言った。

「ばあちゃん、安らかな最期だった。ちづがタイムカプセルを見つけてくれたから、思い残すこともなかったのかもね」

お母さんも空を見上げる。目もとは赤く腫れていて、今日までさんざん泣いたことがうかがえた。

「……お母さん」

「ん？」

「あたしを生んでくれてありがとう」

「え？」

お母さんはすごく驚いているようだ。瞬きを繰り返しながら、あたしを見つめる。

「あとね、あたしに〝千鶴〟って名前をつけてくれて、ありがとう」

「な、なによ、突然！」

戸惑うお母さんに笑い掛ける。

「あたし、〝千鶴〟って名前に、恥ずかしくないように生きていくから」

そう言うと、お母さんは驚いた顔になる。でも、それからさらに泣き顔になって、あたしから顔を背けた。

「もう！　急に、なに言い出すかと思ったらっ！　突然どうしたの!?」

「言いたくなったから言っただけ」

すると、お母さんは涙を拭いながらお父さんのもとへ駆け寄る。

早速、あたしの報告を始めるお母さん。最初は仏頂面で聞いていたお父さんが小さな笑みを零した瞬間を、あたしは見逃さなかった。

なんか、こういうの、照れくさい……。

空を見つめて、語り掛けてみる。

幸生。あたしね、思うんだ。森の中でハナミズキを見つけられないかも、って諦めかけたとき。ずっと眠り続けたばあちゃんが最後に微笑んだときも……風が吹いた。

あの風は、幸生なんでしょ?

空は、なにも言わない。

ただ、当たり前にそこにある。

空は、なにも言わない。

でも、それでいい。

それから、あたしはばあちゃんと対面した。ばあちゃんの抜け殻は、骨になってあたしたちの目の前に現れた。かつて、ばあちゃんだったものを、あたしはばあちゃんとは思えなかった。

小さな小さな白い骨を、お母さんと拾う。箸を通して伝わってくる感触はあまりにも無機質だった。

そのとき、あたしはばあちゃんが死んでから初めて泣いた。死ぬということ、死んでしまうということの意味がわかった。

もっと、ばあちゃんに会いに行けばよかった。もっと、たくさん話をすればよかった。会いたいと思っても、もう会えない。話したいと思っても、もうできない。

ばあちゃんがいた日々、ばあちゃんと過ごした時間たちが脳裏を駆け巡る。どれもこれも愛しかった。愛しくてたまらない。

泣きじゃくるあたしを、お母さんが支えてくれた。お母さんも、泣いていた。

愛煙家で読書家だった、ばあちゃん。おっとりゆったりマイペースな、ばあちゃん。

唐揚げが大好きだった、ばあちゃん。

〝ちづは健やかだねぇ〟が口グセで、〝ふふふっ〟とかわいらしく笑う、ばあちゃん。あたしを励ましてくれて、たくさんの愛情を降りそそいでくれた、ばあちゃん。

あたしの偉大すぎるばあちゃんは、青空の向こうへ旅立っていった。


ばあちゃん。あたし、生きるよ。生きていくよ。

ばあちゃんの分まで。幸生の分まで。

あたし、頑張ってみるよ。

頑張ってみる。

そして――。

夏が終わり、外はもう秋の匂いがしていた。

でも、まだまだ残暑が厳しく、テレビのニュース番組じゃ「猛暑、猛暑」と騒いでいる。

「悠っ！　ゴメン、寝坊したっ！」

「またかよ！」

団地の近くの公園でブランコに座り、うんざりした様子で待っていた悠。やれやれ、とでも言いたげな顔をしている。

新鮮な朝の空気の中で、悠はまくし立てる。

「だいたい！　ちゃんと試験勉強してんのか？　ただでさえ、一ヶ月も学校来てなかったんだから！」

「あ……」

「……忘れてただろ？」

そう言われて、笑ってごまかしてみる。

悠は、溜め息を吐いた。

「ったく、しょうがねぇな。今日の放課後、教えてやるよ」

「あっ無理！　今日、愛美と買い物行く約束してるの」

「……お前なぁ」

悠は、すっかり呆れているようだ。

あたしは苦笑するしかない。


夏休みが終わり、あたしは二学期から学校に通うようになった。

あたしにとっては大きな一歩だけど、なにが変わったわけでもない。美季たちの冷たい視線や陰口、悪口は相変わらずだし、高嶋たちからのイヤがらせも続いてる。

でも、変わったこともあった。

あたしが、もう逃げないと決めたことだ。目つきが悪いと言われても、名前がダサいと言われても、気にしない。

お父さんとお母さんから生まれた自分は、千鶴という名前は、かけがえのないものだと思うから。本来の気の強さと口の悪さで戦うあたしに、美季たちは結構、戸惑ってるみたい。

それから、始業式の日、久しぶりに学校へ行くせいで緊張していた朝。悠と愛美が、この公園で、あたしを待っててくれていたんだ。

「ちづ……一緒に学校行こう」

困ったように笑いながら愛美が言った。その少し先で、悠が「遅刻するぞっ！」と叫ぶ。

あたしの中にあった不安や恐れが消えていった。大丈夫だって思えた。ふたりのもとへ、笑顔で駆けていく、あたしがいた。

愛美とは昔のように、くだらないことでも笑い合う。きっと、今度こそ本物の親友になれる気がした。

悠とは、小学生の頃みたいに自然と一緒に登下校することが多くなった。勉強も教えてもらってる。基本的に素直じゃないあたしは絶対言わないけど、かなり助かってる。からかわれたりすることもあるけど、もう気にしないことにした。周囲の目や顔色を気にするのも、やめた。

だって、それってスゴく損してんじゃん？　一度きりの人生、せっかくの青春。もったいないよ。生きたいように生きた方がいいし、楽しい方がいい。〝今日〟という日は、二度と戻ってこないんだから。


「じゃあ、明日な！　厳しく教えるから覚悟しとけよ！」

「あー、明日も無理。お父さんとお母さん、家族三人でデートなの」

「…………」

悠は頭を抱えてしまった。

「明後日は？」

「ていうかさぁ、悠って、相当あたしのこと好きだよねー」

「はっ!?」

「あたしのために頭よくなろうとか、あたしに負けないように足速くなりたいとか？

あたしに憧れてたってのも、告白として受け取っておくよ」

たちまち悠の顔が真っ赤になる。

「おまっ……バッカじゃねぇーの！　バーカ!!」

足早に歩き出した悠のうしろで、あたしはクスクスと笑った。

「悠ー！　待ってー！」

「待たない！」

「悠ってばぁ。そんなに恥ずかしがんなよっ」

「はず!?　は、恥ずかしがってねぇーよ!!」

慌てる悠がおかしい。おもしろすぎだっつーの。

でも、最近のあたしは思ってる。悠って、結構かっこいいじゃんって。諦めそうになったとき、悠のひと言があったから、あたしは諦めなかった。頼りないって思ってたけれど、そんなことなくて、悠がいたから続けられたんだ。

まっ、絶対言わないけどね。

そしてあたしは、今でもときどき、ばあちゃんと幸生に会いたくなる。そんなときは、空を見上げるようにしている。あの青空の向こうで、ふたりに笑顔が咲いていてくれたらいい。奪われた青春を、時間を、取り戻せるように。


幸生。

つか、アンタねぇ、突然消えたりしてなんなの？　もーちょい空気読めっつーの！

おかげでこっちは大変だったんだからねっ！

文句のひとつも言えないし！　あたし、アンタに言いたいこと、いっぱいあったの！　アンタのせいで、あたしは……好きだってことも言えなかったじゃん！

本当ムカつく！　初恋だったんだからね、バーカ！

アンタなんか……アンタなんか……。

「バカヤロー!!」


突然、空に向かって叫んだあたしを見て、悠が驚いている。

「ち、ちづ？」

「悠……悠って、なんで〝悠〟なの？」

「……は？　え、なに、なに？　説明！」

わけがわからないって感じで、うろたえる悠。

あたしは空を見上げたまま言った。

「名前！　なんで〝悠〟って名前なの？」

雲ひとつない青空の下、さわやかな風が朝の町を吹き渡っていく。

「〝果てしなく続く人生であるように〟」

悠が言った。

心の中で呟いてみる。

〝果てしなく続く人生であるように〟。

「……いい名前だね」

悠のお父さんとお母さんがつけた、生まれてきた命への願いだ。

「あっ！　遅刻！　学校！」

「あ！　うわっ！　ちづが、まったりしてるからっ！」

「自分だって!!」

進め。進め。進め。

顔を上げて。前を見て。

「ていうかさぁ！」

「なんだよ!?」

「ウチらって、めちゃくちゃ長生きしそう！」

「え？」

だって、たくさんの愛が詰まってる。

ほんの少しの、苦い初恋の終わりとともに、夏が終わる。あの夏を生きた君と過ごした、かけがえのない夏。君がいた夏。

あたしは、笑顔で駆け出した。

新しい日々へ……。

絆

車の窓ガラスから、流れる景色を見つめていた――。

「もう十年か……」

「ん？　なにが？」

あたしはクスリと笑う。

「なんでもない。久しぶりにこの町に来たからかな、昔のことを思い出したの」

「昔のこと？」

「そう。ほら見て、あの制服とか」

あたしが助手席の窓から指で示すと、

「あー！　中学の制服！」

と、言いながら笑う。

「懐かしいでしょ？」

母校の制服に身を包んだ後輩たちが、街路樹の下を歩いている。まだ幼さの残る中学生たちに、あたしは思わず目を細めた。あたしにも、同じ時代があった。

「ねぇ？　お土産って、本当にこれでよかったの？」

信号が赤になり、悠はブレーキをかける。車は緩やかにスピードを落とした。

「その質問、何回目？」

「だって……」

「大丈夫だよ。うちのばあちゃん、それ好きなんだ。目がないんだよ」

悠にそう言われても、あたしの不安は、なかなか消えてくれない。当然だ、初対面なんだから。

「……お体の方は大丈夫なの？」

「もう、すっかり。っていっても、歳だし、しょっちゅう入退院繰り返してるけどな。……なに？　緊張してんの？」

からかうような調子で言う悠に、あたしは溜め息を吐く。

「結婚式のときもお会いできなくて、なんのご挨拶もできなかったのよ」

「仕方がないだろ？　あのとき、ばあちゃん、ちょうど入院してたんだから」

信号が青に変わる。再び車は動き出して、あたしはまた窓の外を眺めた。

「……喜んでくれるかな？」

「土産？」

「それもあるけど……」

春。

空は透明に近いブルーで、日曜日の昼下がり。門をくぐり、車を停める。

赤い三角屋根、白い壁の二階建ての家。広い庭にはたくさんの木々。

「これは、なんの木？」

「ビワだよ。その向こうはザクロ」

ビワ、ザクロ、と言われても、あたしにはピンとこなかった。まるで、植物園のようだ。もの珍しげにあたりを見回していたあたしに、悠が言った。

「全部、ばあちゃんの趣味だよ。じいちゃんが早くに亡くなって、叔父さんたちと母さんを女手ひとつで育てて、いろいろなことがひと段落ついてから始めたらしい」

玄関までの、石畳の小道を歩く。その周囲には小石が敷き詰められている。

「あっ！」

「どうかしたか？」

「あれって……」

あたしの視線の先に、真っ白な花を咲かせた木があった。

悠がうなずいて、微笑みながら言う。

「ハナミズキだよ。リビングから見えるんだ」

立派なハナミズキに咲いた花は、雪が降り積もっているように見えた。あたしは、その光景を見て懐かしくなる。

「きれいね……」

おばあさんは、この家にひとりで住んでいるという。

ときどきやってくるらしいお手伝いさんに、リビングまで案内された。リビングの壁には、たくさんの絵が掛けられている。悠によると、絵もおばあさんの趣味だそうだ。丸みを帯びた独特の線が印象的な絵は水彩画で、淡い色調の優しい絵だった。

そして、大きな窓の向こうにハナミズキが見える。風に揺れ、花びらがひらひらと舞っていた。それは、まるで蝶のように美しい。

「よく来たねぇ」

ハナミズキに気を取られていたあたしは、慌てて視線を移す。

悠のおばあさんは、ゆっくりとした足取りでソファに腰を下ろした。朗らかな笑顔、薄桃色のカーディガンがよく似合っている。

「久しぶりだね、ばあちゃん」

「初めまして、千鶴です。ご挨拶にもうかがえず……」

「堅苦しい挨拶はいいのよ」

おばあさんはにこりと笑って、

「それより、それはなにかしら?」

と言った。

その視線は持参したお土産に向いている。

「本当に食い意地が張ってるよな。ばあちゃんの好物だよ」

おばあさんはそれを聞いて、嬉しそうに言った。

「キャラメルね。ありがとう」

本当に、キャラメルでよかったのか。悠から聞いたときは半信半疑だったけど……。

お手伝いさんが運んできてくれた紅茶をすすりながら、世間話をする。紅茶にはレモンの輪切りが浮かび、悠の小さい頃の話で盛り上がる。

話しながら、なにげなく絵を眺めていたあたし。ブドウと、その手前に白桃が描かれた絵だ。果物のみずみずしさが、よくわかる。だけど……。

「歪でしょう？」

恥ずかしそうに、おばあさんが言った。

「いえ、そんな！」

「まるで、子供の絵みたいって自分で思うの。何十年経っても、絵だけは利き手じゃないと無理みたい」

すると悠が、「ばあちゃんは不器用だしなぁ」と、呟く。

あたしがきょとんとしていると、おばあさんは笑った。

「あら、気がつかなかった？」

そう言って、右腕の袖をめくる。

あたしは、ハッとした。

「もう、ずいぶん前よ。戦争で失くしたの」

戦争で……。

「兄は、絵が上手だったんだけど……あっ、それより、あなたたちの報告ってなんなの？」

まさか……？

あたしは固まっていた。

「千鶴さん？」

おばあさんは首を傾げ、悠も不思議そうにあたしを見つめる。

まさか、と思った。そんなはずないって。

――でも。

「……あの、おばあさん」

「なにかしら？」

「お名前を、うかがってもよろしいですか？」

おばあさんは優しく微笑んで、答えた。

あたしの頬を、涙が伝う。

「ちづ……？」

悠が、驚いた様子であたしを見ている。

「……っ——……」

心が、震えていた。

「千鶴さん？」

顔を上げると、おばあさんが心配そうに、あたしを見つめている。

「——お会いできて、嬉しいです……小夜子さん」

庭で、ハナミズキが咲いていた。春の雪が降り続く。

あたしは自分のお腹に、そっと手で触れた。

命が聴こえるよ。

もうすぐ、この世に誕生する、命。

こんなにも、温かい。


【完】

あとがき

こんにちは。水野ユーリと申します。

『あの夏を生きた君へ』を最後まで読んでくださり、本当にありがとうございます。

この作品は、単行本で出版していただいてから4年を経た今、文庫本という形に生まれ変わり、新たに世に出ることとなりました。

大変有り難く、またとても光栄に思います。

千鶴と同じ中学生の頃、私も一時学校へ行けなくなったことがありました。

今思えば、大したことはない悪口でしたが、当時は酷く傷ついたように思います。

毎晩、朝が来なければいいと思っていた、あの頃。

学校へ向かう足は日に日に重たくなっていき、ついには一歩さえ踏み出せなくなりました。

家族や友人のおかげで、私は再び通えるようになりましたが、当時の教室で感じていた言い様のない孤独感。

まるで、誰一人として味方なんていないんじゃないか、と思ってしまうような。

だから、この作品に込めた思いの中に、誰かの味方になれるような物語を書きたいという気持ちがありました。

生きていると辛いことも多いけれど、同じくらい楽しいこともあるのだと信じられるような、明日を生きられるということは幸せなことだと思えるような、そんな物語を書きたいと思いました。

ですが、読んでくださった後に、どのように受け取っていただくかは皆様におまかせ致します。

ただ、できることならば、本書が誰かの勇気に、希望に、光になれますように。

今を生きる皆様に、そっと寄り添える物語になれたなら、それほど光栄なことはありません。

最後に、左記の方々に感謝の気持ちを込めて。

サイト並びに書籍でこの作品を読んでくださった皆様。

担当編集者様をはじめとするスターツ出版の皆様。

本書の出版にあたってご尽力いただいた全ての皆様。

そして何より、今この本を読んでくださっている貴方様。

心から御礼申し上げます。

本当にありがとうございました。

二〇一六年五月　水野ユーリ

この物語はフィクションです。実在の人物、団体等とは一切関係がありません。

水野ユーリ先生へのファンレターのあて先
〒104-0031　東京都中央区京橋1-3-1　八重洲口大栄ビル7F
スターツ出版(株) 書籍編集部 気付
水野ユーリ先生

あの夏を生きた君へ

2016年5月28日　初版第1刷発行
2016年6月23日　　第2刷発行

著　者　　水野ユーリ　©Yuri Mizuno 2016

発 行 人　　松島滋
デザイン　　西村弘美
D T P　　株式会社エストール
発 行 所　　スターツ出版株式会社
〒104-0031
東京都中央区京橋1-3-1　八重洲口大栄ビル7F
TEL　販売部　03-6202-0386（ご注文等に関するお問い合わせ）
URL　http://starts-pub.jp/
印 刷 所　　大日本印刷株式会社

Printed in Japan

定価はカバーに記載されています。
ISBN　978-4-8137-0103-3　C0193

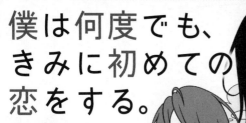

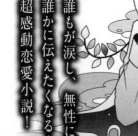

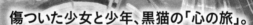

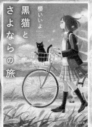